鬼人幻燈抄

葛野編 水泡の日々
きじんげんとうしょう
かどのへん みなわのひび

中西モトオ

双葉社

鬼(き)人(じん)幻(げん)燈(とう)抄(しょう)

鬼人幻燈抄

葛野編

目次

序　みなわのひび　　6

鬼と人と　　26

余談　あふひはるけし　　241

短編　妬心(としん)の現身　　253

装幀　bookwall(築地亜希乃)
装画　Tamaki

葛野編
かどののへん

序 みなわのひび

「行く所がないんなら、うちに来ないか?」
降りしきる雨の中、男はそう言って手を差し出した。

今も思い出す。
五つの頃、父親の行いに耐えかねて、妹と一緒に江戸を出た。
父は妹を虐待していた。こんな家に居てはいけないと思った。
「雨……強くなってきたな」
「うん……」
雨が降る。並んで歩く夜の街道。先は暗くて何も見えない。傘もなくて、ずぶ濡れになって。
体は冷え切り、だんだんと重くなってきた。
「鈴音、ごめんな。何もできなくて」
赤茶がかった髪をした幼い妹――鈴音は物憂げに俯いている。
この子の右目を覆った包帯。それを見ると嫌な気分になってしまう。

俺は妹を父から守ってやれなかったのだ。辛くて、悔しくて。妹の右目の包帯に、自分の無力を見せつけられたような気がした。

「うん。にいちゃんがいてくれるなら、それでいいの」

どちらからともなく伸ばされた手。

固く繋がれた掌の柔らかさに胸が温かくなる。

そうして鈴音はゆっくりと、本当に幸せそうな笑みを浮かべた。守るべきものを守れない無様な自分。雨に濡れながらも頬を緩ませる妹。その表情に俺は何を思ったのだろう。いろんな感情が混ざり合って、うまく言葉になってくれない。ただ、鈴音の無邪気な笑顔に救われた。

だから願った。

この娘が何者だとしても、最後まで兄でありたいと。

でも、俺は子供で、家を出てなんかなくてもよいのか分からないまま街道で途方に暮れていた。　取り敢えず江戸を離れたけれど、どうすればいいのか分からないまま街道で途方に暮れていた。

雨が強くなった。前も見えないくらいだ。

だけど、どこにも行けない。帰るところなんてもうない。

きっと、俺達はこのまま死んでしまうんだろうな。そんなことを考えていた時に出会ったのが、三度笠を被りだらしなく着物を着崩した、二十半ばくらいの男だった。そいつは俺達が家出してきたと知るや否や、いきなり「うちに来ないか」と言い出した。

ほとんど話もしていない相手だ、信用できる訳がない。鈴音を背に隠し、精一杯睨み付けたけれど、男は飄々とそれを受け流す。

「そう睨むな。怪しい奴だが悪い奴じゃないぞ、俺は」

腰には刀を差している。「武士なのか」と問えば「巫女守だ」と誇らしげに答えた。意味は分からなかったけれど、あまりにも晴れやかな言い方だったから、きっと素晴らしいことなのだろうと子供心に思った。

「どうする？　このままここに居ても野垂れ死ぬのが落ちだろう。なら俺に騙されてみるのも手じゃないか？」

この男の言うことは正論だ。後先考えず家を出たけど、俺達が二人だけで生きていくなんて出来ない。情けないけれど、そんなの自分が一番よく分かっていた。

「にいちゃん……」

鈴音が怯えるように着物の裾を掴む。左目が不安で揺れている。

妹は父に虐待をされていたから、大人の男が怖いのだろう。でも、俺達は所詮子供。生きるためには男の手を取るしかないのだ。こちらの内心を知ってか知らずか、男は呆れたように、けれど優しく眺めている。

「鈴音、行こう。大丈夫……俺も一緒だから」

結局、選択肢などない。

差し出された手を握る。潰れた豆の上に豆を作った硬い掌だった。

8

「俺は元治だ。坊主、名前は」

硬い掌は、きっとこの人がそれだけ努力を重ねてきた証。店を営んでいた父の手が、いつもぼろぼろだったのを覚えている。

だからだろう。武骨な感触に、この人は信じていいのだと思えた。

「……甚太」

「いくつになる」

「五つ」

「ほう、五つにしちゃしっかりしてら。そっちは妹か」

「鈴音。俺の一つ下」

「そうかぁ。いや、俺には娘がいてな。ちょうど、お前の妹と同い年だ。仲良くしてやってくれ」

男――元治さんがからからと笑う。

中を、元治さんが鈴音の手を引く。傍から見れば奇妙に見えるだろう道

俺達は誘われるがままに彼の住む集落へと向かった。

ごつごつとした掌が、鈴音の小さな手と同じくらい優しく感じられた夜だった。

「着いたぞ、ここが葛野だ」

街道を延々と歩き、山に入り草木を踏み分けて、元治さんが住むという山間の集落に辿り着い

た時には、江戸を離れてからひと月以上経っていた。
　うちに来ないか、なんて軽く誘うような距離じゃない。旅路では何度も野宿をする羽目になった。しかも山道の途中で日が暮れ、あの夜みたいに雨まで降り出して、俺はすっかり疲れ切っていた。鈴音は別に普通の顔をしていて、それがちょっと悔しかった。
　雨に視界は遮られたまま辺りを見回す。近くには川が流れていて、集落の奥は深い森が広がっている。妙に建物が乱立していてごみごみした区域と、逆に民家がまばらに建っている区域があって、なんとなく乱雑な印象を受けた。自分が江戸以外の場所を知らないせいかもしれないが、奇妙なところというのが正直な感想だった。

「なんか変なと……」

　鈴音も同じような感想だったらしく、辺りをきょろきょろ見回している。

「変なとこねぇ。ま、そうだろな。葛野は踏鞴場（たたらば）だ。江戸と違って大した娯楽もない」

「たたらば？」

「鉄を造る場所のことだ。そういうのは追々教えるさ。付いてきな、こっちだ」

　案内されたのは、屋敷というほどではないが周りと比べれば十分立派な木造の家。ここが元治さんの自宅らしい。

「さ、入れ」

　促され、後を追って玄関へ足を踏み入れる。
　すると家の中から小走りで、小さな女の子が姿を現した。

「お父さん、お帰りなさい！」

第一声の大きさに驚いて鈴音の態度が少し強張る。庇うように一歩前へ出たが、警戒はあまり意味がなく、父親の姿を見た瞬間、勢いよく飛び出しそのまま抱き着いた。女の子はどうやら元治さんの娘らしい。

「おう、ただいま白雪。いい子にしてたか」

「もちろん」

「そうかそうか」

鈴音よりも少し小さな、色の白い少女。父親に頭を撫でられて、口元が心地よさに緩んでいる。元治さんの方も目尻が下がっていて、傍から見ても仲睦まじい親子だ。

「う……」

その光景の眩しさに鈴音は俯く。仲の良い父娘。この子の手に入れられなかったものが、ここにはあった。悲しそうに、寂しそうに、瞳は潤んで。だから俺は、小さな手を強く握り締めた。

「にいちゃん……？」

「大丈夫」

「大丈夫——」

何が大丈夫なのか、自分で言っていて分からない。でも、握った手は離さなかった。

「……うん、大丈夫」
 安らいだ声。握り返す掌。柔らかな熱。くすぐったくなるような感覚に、二人して小さく笑い合う。
「あれ?」
 ひとしきり元治さんと話したところで、少女はようやく俺達に気付いたようだ。こちらを向いて不思議そうにしている。
「あの子たち、だれ?」
「道で拾った」
 事実ではある。でも、元治さんの返答は簡潔過ぎて逆に分かり難かった。
 少女も同じように感じたようで、しきりに首を傾げている。
「今日から一緒に暮らすことになる」
 唐突すぎる発言に少女は面食らっていた。
 それはそうだ。いきなり見知らぬ相手と一緒に暮らせと言われて戸惑うなという方が無理だし、普通は嫌がるはずだ。
「ここで、暮らす?」
「ああ、こいつらをうちで引き取ろうと思う。いいか?」
「……うんっ!」
 嫌がるはず、そう思っていた。なのに少女はむしろご機嫌だ。

正直に言えば、俺の方こそ戸惑っている。元治さんといい、この子といい、何故俺達を受け入れようとするのかが分からない。

「あ、あの」

戸惑い口ごもる俺の前に少女がとてとてと歩いてきて、顔を近付けて真っ直ぐに目を見る。

「私の名前は白雪。あなたは？」

「じ、甚太……」

同年代の可愛らしい女の子。息のかかりそうな距離が妙に気恥ずかしい。きっと、顔が赤くなっていることだろう。

鈴音が俺の腕にしがみ付く。人見知りの激しい妹のことだ。怯えるような震えが掌から伝わった。

「こんばんは。あなたのお名前も教えて欲しいな」

「……鈴音」

ぽつりと一言だけ。ちゃんとあいさつは出来ていないけれど、白雪はにこにこしている。嘘みたいだけど、彼女は俺達を歓迎してくれているのだ。

「これからよろしくね」

差し出された手。やはり父娘は似るものなのか。その姿が雨の中で手を差し伸べてくれた元治さんに重なって、俺は少し吹き出した。

「どうしたの？」

「ははっ、ごめん、何でもないんだ。よろしく。白、雪……ちゃん……」

たどたどしく名を呼ぶと少女は微かに頬を緩め、首を横に振って否定する。

「ちゃんはいらないよ。だって……」

そして白雪は、小さな子供には似合わないくらい優しく目を細めた。

「私達、これから家族になるんだから」

多分俺は、その笑顔に見惚れていた。

それが最初。

家族になると言ってくれたのが、どうしようもなく嬉しかった。

あの出会いにどれだけ救われたか、彼女はきっと知らないだろう。

今も思い出す懐かしい景色。

いつか、二人の少女の笑顔に救われた。

何もかもを失って、小さなものを手に入れた、遠い雨の夜のこと。

こうして俺達は元治さんの家で暮らすようになった。

なんでも彼の奥さん……夜風さんは葛野の「おえらいさん」らしく、集落の長に俺達が葛野で生活できるよう取り計らってくれたらしい。

夜風さんにはすごく感謝してる。まあ、会ったことはほとんどないけれど。

何故一緒に住んでいないのか元治さんに質問すると、決まって「あいつは仕事で社（やしろ）に住んでい

る」と苦笑いしたものだ。もう少し聞きたかったが、白雪が悲しそうな顔をするからそれ以上は止めておいた。

ともかく江戸を離れた俺達は、葛野で新しい生活を始めた。

最初はおどおどしていた鈴音だが、三年も経てばさすがに慣れてきたようで、今では俺や白雪以外と一緒に遊んでいることもある。ちとせという、四歳か五歳くらいの女の子だ。鈴音はもう七歳になるけど見た目は幼いから、二人でいても全く違和感がなかった。

そして俺はというと――

「くそっ」

「かっかっ、振り回すだけじゃ当たらねえぞ」

がむしゃらに木刀を振るうが、元治さんは小さな動きでそれをいなしていく。

「甚太、がんばれっ」

白雪は楽しそうに俺と元治さんの打ち合いを観戦している。

いつも通り。ここで暮らすようになってから、毎日のように見られる光景だった。

俺は葛野に来てから、元治さんに剣の稽古をつけてもらっていた。

雨の夜、何もできなかった自分がいた。

雨の夜、大切なものを守れなかった。

いざという時に鈴音を、そして白雪を守ってやれる男になりたいと思った。

我ながら子供じみた発想だ。だけど、元治さんは馬鹿になんかしなかった。それどころか毎朝、

相手をしてくれている。
「ほら、しっかり！」
　白雪がはやし立てる。朝早いので鈴音はまだ寝ているが、白雪は毎日、この稽古を応援してくれている。
　稽古とはいえ格好悪いところは見せたくない。気合いを入れて打ち込んでいくが、元治さんは全然余裕を崩さない。
　横薙ぎ、弾かれる。突き、体を捌く。袈裟懸け、半歩下がって避けられた。
「おう、中々鋭くなってきた」
　踏み込んで、渾身の振り下ろし。
　しかし、その一撃は木刀で簡単に弾かれ、
「だが振りが大きい」
「ぎゃっ！」
　返す刀で頭を叩かれる。手加減はしてくれたのだろうが、結構な衝撃が走った。普通に痛い。木刀を落とし、殴られたところに手を当てる。触った感じ、しっかりこぶになっていた。
　この通り、気合いを入れても結果は同じ。今日も、俺は敗戦の記録を更新したのだった。
「ふふ、残念だったね」
　白雪が微笑みながら近付いてきたので、とっさに落とした木刀を拾い上げて顔を背けた。いい

ところを見せようと気合いを入れたくせに、いとも簡単にやられたのが何となく気恥ずかしかった。

「やめろよ」
「いいからいいから」

仏頂面で座り込む俺の頭を撫でる小さな手。こっちの考えなんてお見通しらしい。白雪は俺が強がっているのを見透かして、やっぱりにこにこしている。

「平気だよ、お姉ちゃんが慰めてあげるからね」
「何がお姉ちゃんだよ。俺より年下の癖に」
「私の方がしっかりしてるから、お姉ちゃんなのっ」

自信満々にそう言われても、どう返していいのか分からなかった。気恥ずかしいのは変わらない。でも、悪くないと思った時点で自分の負けなんだろう。溜息を吐きながらも黙って撫でられる。

「はっはっ、まだまだだな」
「元治さんが強すぎるんだよ」
「たりめぇだ。年季が違わぁな」

そういう俺達を、元治さんはいかにも微笑ましいといった様子で見守っている。涙目で睨み付けても、木刀の峰で肩を叩きながら笑うだけ。普段の態度からは想像もつかないが、この人は葛野一の剣の使い手らしい。人は見かけによらないというやつである。

「そんな落ち込むな。ま、精進するこった」
「分かってるよ。……でもさ、俺、鍛錬を始めても全然変わらないし強くなれない。ではなく変わらない。守れるように強くなりたいと願っても、現実には俺は何も変わらなくて。時々、自分は何をしているんだろうと考えてしまう。内心の不安を悟ったのか、元治さんは普段は見せないような優しさで窘（たしな）める。
「いいか、甚太。変わらないものなんてない。自分じゃそんな風には思えねぇかもしれんが、お前だって少しずつ変わってるんだ。だから腐るな。お前は強くなれる。俺が保証してやらぁ」
「……うん」
言われたからって何が変わる訳でもないし、やっぱり何かが変わったようには思えない。けれど、少しだけ心は軽くなった気がした。
「と、そろそろ仕事に行かにゃならん。悪いがここまでだ」
元治さんが木刀を持ったまま背を向ける。稽古は元治さんが仕事に行くまでの間という約束。無理に引き留めちゃいけない。
「分かった。元治さん、今日もありがと」
「気にすんな。俺が好きでやってることだ」
「お父さん、いってらっしゃいっ」
「おー、いい子にしてるんだぞ」
振り返りもせず歩いていく元治さんは汗一つかいていない。俺程度じゃ、あの人を疲れさせる

ことさえできないのだ。左手は知らず知らずのうちに木刀を強く握り締めていた。実力に差があるのは分かっているけど、やっぱり悔しいのには変わらない。

「なあ」

「なーに？」

「元治さんって何やってんの？」

そう言えば、あの人は葛野……製鉄の集落に住んでいるが、他の男達に交じってたら製鉄の作業をしているところなんて見たことがない。純粋に元治さんの仕事が何なのか気になった。

「いつきひめの巫女守だよ」

出会った時にもそう言っていた。けどそれがどういう役割なのか、実はよく知らない。

「お母さんはいつきひめなの」

「お母さん、夜風さん……だったっけ？」

「うん、そう。お母さんは『マヒルさま』の巫女様なんだ」

一応、一度だけ御簾越しになら会ったことがある。葛野に住んでしばらく経ってから呼び出されて、ちょっとだけ話もした。なんか、優しくて、この集落をすごく大切にしてるんだなって感じの人。その時に「マヒルさまの巫女」の意味も少しだけ教えてもらったような。ただ、難しくてあんまりよく分かっていなかった。

お母さんの話題に触れた白雪は、遠くを眺めている。視線の先は集落の北側、小高い丘に建て

られた社(やしろ)の方だ。
「あの社にずっといるんだよな」
「……うん。いつきひめと直接会えるのは、集落の長と巫女守だけなの。『いつきひめはそのしんせいさを保つためにぞくじんと交わってはならない』んだって。お父さんは巫女守だから毎日会えるけど、私はもう何年も会ってないなぁ」
 あはは、と軽い調子で、けど寂しげに目を伏せる。
 ちょっとした仕種に、なんで白雪が俺達を受け入れてくれたのか、分かった気がした。
 この三年間、白雪は一度も母親と会っていない。きっと、俺がこの家に来る前も同じなのだろう。巫女守というものがどういうものかは分からないけど、父親は仕事で母親と毎日会うのに、自分だけが会えない。そんな日常に、白雪は仲間外れにされていると感じていたのかもしれない。そもそもまだ小さな女の子だ。母親に会えないことを寂しいと思わない訳がないのだ。
 だから、家族が欲しかった。
 今になって初めて知る、俺を救ってくれた彼女の弱さ。
「あの、さ。俺は一緒だからな」
「え?」
「俺は、ずっと一緒にいるから」
 俺がいるから寂しくない、とは言えなかった。母親と会えない彼女の寂しさを埋められる、なんて自惚(うぬぼ)れてはいない。でも、傍にいたいと思った。出来ることなんてないけれど、せめて一緒

「だって」
「笑うなよ」
「なにそれ」
に悲しんでやりたかった。

楽しそうな白雪に、顔が熱くなる。我ながら恥ずかしいことを言ってしまった。だけど撤回はしない。本音を嘘にするような真似は、もっと恥ずかしい。

「甚太」

白雪が真っ直ぐに俺の目を見詰める。どきりと心臓が脈打つ。黒い透き通った瞳に心を見透かされたような気がした。

「ありがとね」

儚げな彼女の佇まいは、揺らいで消えてしまいそうな淡い灯火のようだ。抱かせる白雪の見せた頼りなさ。何か言わなくちゃ。誘われるように俺は彼女へ。普段は活発な印象を

「なあ、白雪。俺……」
「にいちゃん？」
「うわっ!?」
「す、鈴音」

慰めの言葉は口に出来なかった。右目に包帯を巻いた、赤茶がかった髪をした少女。いつの間に起きてきたのか、気付いたら鈴音が隣にいた。

「おはよー、にいちゃん」
 にっこりと朗らかに朝の挨拶。でも、こちらは心臓がばくばくと鳴っている。危なかった。危うく妹の前で恥ずかしい台詞を吐くところだった。
「どうしたの?」
 なんだか白雪がにまにまとしている。
 多分、何を言おうとしていたのか勘付いているのだろう。
「なんでもないっ!」
 照れ臭さから語気が荒くなる。
 毎回毎回、元治さんに負けている俺は、なんだかんだで白雪にも勝てないのだ。
「にいちゃん、どうしたんだろ?」
 俺がなんで怒った表情をしているのか分からないみたいで、妹は人差し指を自分の唇に当てて考え込んでいる。その様子がおかしかったらしく、白雪はますます笑った。
「いいからいいから。さ、まずはご飯食べて、その後はみんなで遊ぼ」
「ん、うん! 今日は何するの?」
「そうだなぁ、『いらずの森』へ探検とか」
 わやわやと会話する姿は、容姿は似ていないのに姉妹のようにも見える。それが嬉しいようで、少し寂しくもある。寂しいのはどちらのことを思ってだろうか。
「甚太もいいよね?」

「ちなみに無理って言ったら」
「え、連れてくよ？」

端から俺の意見を聞く気はないらしい。まあ、いつものことだからいいけど。頷くと、示し合わせたように白雪たちは顔をほころばせた。
「じゃ、行こ？」
「いこー」

二人が手を差し出す。

俺を救ってくれた二つの笑顔、伸ばされた二つの手。木刀を持っているから片方しか取れなかった。

だから、自然と一つの手を選ぶ。

握り締めた掌は小さくて、あたたかくて。離さないように、でも壊してしまわぬようほんの少しだけ力を込める。

「ああ、行こうか」

一緒になって笑って、三人で走る。

いつもと何一つ変わらない、当たり前の朝だった。握った手のあたたかさを知っていた。いつか離れると知らずにいた。

まだ俺が甚太で、彼女が白雪で、鈴音が鈴音だった頃の話である。

……今も、思い出す。

幼い頃、俺は元治さんに剣の稽古をつけてもらっていた。あの人は強くて、最後まで一太刀も入れられなかった。それを眺め、頑張れと応援する白雪。結局いつも俺が負けて、その度に慰めてくれた。

稽古が終われば遊びに出かける。その頃には寝坊助な妹も起きて来て、今日はなにをしようかなんて、いつも三人で走り回った。

俺達は、確かに本当の家族だった。

けれど目まぐるしく歳月は往き、幸福な日々は瞬きの間に流れる。かつて当たり前にあったはずの日常は記憶へと変わり、思い返さなければいけない程に遠く離れた。背は高くなり、声は低くなり。背負ったものが増えた分、無邪気に駆け回ることも出来なくなって。いつまでも子供のままではいられないと、いつしか「俺」は「私」になった。

しかし、今も私は幼かった頃を、ぬるま湯に浸かるような幸福を、時折、本当に時折だが思い出す。

そして、ほんの少しだけ考えるのだ。

差し出された二つの手、木刀を持ったままでは片方しか握れない。だから何も考えずに選んだ。繋げる手は一つしかなかった。

だが、もしもあの時に逆の手を取っていたのなら、私達はどうなっていたのだろうか。あるいは、もう少し違った今があったのではないか。

不意に夢想は過(よぎ)り、しかし意味がないと気付き、切って捨てる。
選んだ道に後悔はあれど、今更生き方を曲げるなぞ認められぬ。
ならばこそ夢想の答えに意味はなく、仮定はここで棄却される。
そうしてこの手には、散々しがみ付いてきた生き方と、捨て去ることの出来なかった刀だけが残り。

ぱちんと。
みなわのひびは、はじけてきえた。

鬼と人と

1

　風の薫る夜のことだった。

　春の終わり。舞い散る花弁で季節を彩ったかと思えば、芽吹く若葉で街道を翠に染め上げる。初夏の葉桜は、時に神秘ささえ醸し出す景物である。空は僅かながら重くなった。新緑が薄紅の花にとって代わり、ほのかに夏の気配を漂わせる夜。だというのに、青葉の隙間を抜ける風は春の名残かいやに冷たい。

　揺れる梢、流れる緑香、見上げれば星の天幕。心地よいはずの夜に寒気を感じたのは、風の冷たさのせいばかりではないだろう。今宵はどこか金属質で、触れる感触が硬く冷え切っている。

　そんな鉄製の夜に青年は佇む。江戸から続く街道の一里塚のひとつ。植えられた桜の木にもたれ掛かり、鋭い目付きで宵闇を睨み付けている。

　青年の名は甚太という。

　齢十八にして六尺近い巨躯。浅葱の着物の下には練磨を重ねた体。腰には鉄造りの鞘に収め

られた二尺六寸の刀を差し、まとう気配はそれこそ刃のようだ。
「もし」
不意に呼び掛けられた。
横目でちらりと見れば、そこには妙齢の女が。
「貴方様は葛野をご存知でしょうか」
女はゆるりと笑う。
年若い娘には似合わぬ、妖艶な、見る者を惑わす笑みだった。
「そこは私の住む集落だ」
返すのは感情の乗らない、硬く冷たい金属の声音。
しかし、女は安堵したように瞼を伏せる。
「ああ、やはり。もしよろしければ案内を頼みたいのですが」
「ほう。何か用向きでも?」
問いながら一歩前へ出る。気付かれぬほどに緩慢な所作で、僅かに腰を落とし半身。左手は既に腰のものへと添えられている。
「ええ。葛野には嫁に出た妹がおりまして。挨拶に行こうと思っていたところなのです」
「……そうか」
その一言を皮切りに甚太は動いた。女との距離が詰まる。両の足が地を噛む。淀みなく鯉口を切り抜刀、右足で大きく踏み込む。

逆袈裟、僅かな躊躇も見せず女の体を斬り裂く。

「か……」

　口から空気が漏れ、鮮血が舞う。
　白刃が女の肢体を斬り裂いた。傍目には凶行に映るであろう一連の動作を終え、一切の動揺なく金属質の声のまま甚太は吐き捨てる。
「人に化けるのはいい。だが、肝心の瞳が赤いままだ……鬼よ」
　鬼と人を見分ける手段はいくつかあるが、もっとも単純なものが瞳の色である。鬼の瞳は総じて赤い。怪異としての格が高いものは人に化けても目の色も隠せる。しかし、力を持たぬ鬼にとっては存外難しいらしく、人に化けても瞳だけが赤いまま残っていることも多い。
　つまり女は、人ならざるあやかしであった。

『き、さま』

　もはや形相は人のそれではなく、憎しみの籠った赤い目が甚太を捉える。
　女の体は隆起し、筋肉が異常に発達し、肌も青白く変化していく。鬼は元の姿に戻ろうとしているのだろう。
　それも遅い。
　残した左足を一気に引きつけ、さらに地を蹴る。掲げた刀を、絶殺の意を込め鬼の首へ。
　今度は、呻きすら上がらなかった。鬼は正体を見せることもできず、人と異形が混じり合った醜悪な姿を晒し地に伏せる。死骸からは白い煙が立ち昇る。いや、煙よりも蒸気の方が正しいか。

消え往く鬼の体躯は溶ける氷だった。

その光景に何かを感じることはない。ただ平静に鬼の最期を眺め、血払いに刀を振るい、ゆっくりと鞘に収める。

ちんっ、とばはきの留まる軽い音が響く頃、鬼の死骸は完全に消え失せた。

それを見届け、やはり何の感慨もないままに街道を歩き始める。

葛野の集落までは、まだ少し距離があった。

——時は天保十一年（1840年）。

洪水や冷害が相次ぎ、陸奥国や出羽国を中心として始まった大飢饉は、多数の死者を出すも冷害が治まったことにより取りあえずの終焉を迎えた。しかしながら日の本の民を長らく苦しめた年月、その間に荒んだ人心を癒すには少しばかり時が足らなかった。

人心が乱れれば魔は跋扈するもの。

鬼は時折人里へ姿を現し、戯れに人を誑かすようになっていた。

◆

江戸から百三十里ばかり離れた山間にある集落「葛野」。

近隣を流れる戻川からは良質の砂鉄が採れるため、ここは古来よりたたら場として栄えていた。同時に葛野は高い技術を誇り、刀鍛冶においては「葛野の太刀は鬼をも断つ」と讃えられた、日

の本有数の鉄師の集落である。

集落の北側は高台になっており、川が氾濫しても被害が少ないことから、他の民家とは明らかに趣の違う朱塗りの社が建てられている。社には「いつきひめ」――葛野で信仰されている土着神に祈りを捧げる巫女が常在していた。

葛野は産鉄によって成り立つ土地。鉄を打つに火は不可欠であり、自然と信仰の対象は火の神になる。この火を司る女神は「マヒルさま」と呼ばれ、火処（製鉄の炉）に消えることのない火を灯し、葛野に繁栄をもたらすと信じられていた。

いつきひめはマヒルさまに祈りを捧げ、鉄を生み出す火を崇める巫女。即ち葛野において姫は火女であった。火の神に畏敬の念を抱くのは産鉄民として至極当然の成り行きであり、いつきひめは社に住み、俗人に姿を晒すことはない。火女は社からそこまでの信仰はないが、それでもいつきひめは神と同一視された。天保の時代ではそこから一歩も出ず、御簾の向こうに姿を隠し、ただ神聖なるものとして集落の中心にあり続けるのだ。

「甚太……此度も鬼切役、大儀でした」

初夏だというのに、どこか寒々しく感じられる板張りの社殿。

いつきひめは社殿の奥に掛けられた御簾の向こうに座している。

板張りの間には集落の長、長の隣には若い男、そして鍛冶師の頭や鉄師の代表など集落の中でも権威を持つ数人の男が集まっていた。

30

御簾越しに柔らかく語り掛けるのは当代のいつきひめ、白夜である。御簾に隠れその顔を見ることはできないが、影は満足そうに頷いていた。

「は」

鬼を斬り、その足で訪れた社。いつきひめや集落の長に結果を報告すれば、申し分ないと皆一様に甚太の働きを認める。

「悪鬼羅刹を前にしても決して退かぬ。貴方の献身、嬉しく思います」

「いえ、巫女守としてすべきを為したまでにございます」

いつも通りの答えだ。いかな鬼を葬ったとしても、甚太の発言はさほど変わらない。謙遜とは違う。彼は心底、大したことではないと思っていた。彼は、この村で二人しかいない巫女守だった。

巫女守とは文字通りいつきひめの守役——護衛である。本来、苗字帯刀は武士のみの特権だが、御料である葛野では巫女守でなくとも話すことを認められた。

また、巫女守には護衛以外に「鬼切役」が与えられる。古い時代、星や月の光だけが夜を照らしていた頃、怪異は現実的な脅威として存在していた。故に病気には医師がいるように、火事には火消しがいるように、怪異にもまた対処役というものが設けられた。鬼切役とは文字通り鬼を切る、つまり集落に仇なす怪異を払いのける役割である。

いつきひめは葛野の繁栄のために祈りを捧げる巫女。それを守り集落に仇なす怪異を討つ巫女

守は、取りも直さず葛野の守り人だった。
「まったく、我らが巫女守は謙虚でいかん。江戸にもおぬし程の剣の使い手はおるまい、もっと誇ればいいじゃろうに」

鍛冶師の頭は豪快に笑い飛ばす。巫女守の腕前を褒め称え、しかし返す甚太の顔は暗い。

「……私には葛野の民としての才がありませんので」

巫女守の立場故に集落の主産業である産鉄や鍛冶には携わらない甚太だが、そもそも彼には職人としての才があまりにもなかった。

幸いにして剣の腕が立ち、白夜の鶴の一声もあって今の地位についた。しかし、もしも巫女守になれなかったならば、おそらく集落のお荷物として生きることになっただろう。その様が簡単に想像できるからこそ、剣の腕を褒められても、どれだけ鬼を斬ろうとも、そこに価値を見出せないでいた。

──己に為せるはただ斬るのみ。甚太の同朋のように生み出す業を持たぬ。

巫女守という役には無論誇りを持っている。だが、鍛冶や製鉄の業に憧れもあった。そのせいか、殺すしかできず何も生み出せない自分をどうしても低く見てしまう。それが甚太の根底にある劣等感だ。

「なぁに、甚太の使う刀はこっちで造ってやる」
「そうだ。儂らには鬼を斬る技はないが、鬼を斬る刀ならば打てんが、鬼を斬る技がある。それでよかろうて」

頭達の気遣いに甚太は素直な礼を述べ、深く頭を下げる。
　彼の深い感謝に嘘はなく、それが集落の男達の自尊心をくすぐった。
　巫女守は栄誉な役である。甚太自身が嫌うため集落の代表達が敬語で話すことはないが、本来、葛野における巫女守の権威は長やいつきひめに次いで高い。だから多くの者は巫女守である甚太に敬意をもって接し、敬称を付けて呼ぶ者も多い。
　同時に、それは妬心を掻きたてることにも繋がる。
　年齢が高くなればより顕著である。年若い、どこの馬の骨とも分からぬ小僧が集落の守り人として持て囃される。集落の権威達にとって、権威というものを持つからこそ、その事実は受け入れ難いものだった。
　しかしながら当の小僧は剣の腕が立ち、数多くの鬼を葬りながらも自分達の持つ鋳造や鍛冶の技術に羨望を抱き、礼節をもって接している。甚太の態度は集落の男達を満足させ、故に彼は巫女守として疎まれることなくあり続けている。奇妙ながら、劣等感こそが甚太を守っていた。

「此度の鬼はいかなものでしたか？」
　彼の胸中を察したのだろう、白夜が話を進める。
　その意を汲んだ甚太は、沈む心を無理矢理に引き上げ、堂々と問いに答えた。
「人に化けて葛野に侵入しようとしておりました」
　鬼、山姥、天狗、狒々。山間の民族にとって怪異は実存の脅威。男達はおしなべて表情を引き締め、真剣に耳を傾けている。

一瞬の間を置いて、今まで一言も発さなかった集落の長が呻いた。

「ふうむ……。おそらく狙いは姫様であろうな」

息を呑む音。場に嫌な空気が流れた。

鬼は元より千年を超える寿命を持つが、巫女の生き胆は喰らえば不老不死が得られるという。説話や伝承ではよく見られる記述だ。真実か否かは知る由もないが、中にはそれを信じ実行する鬼もいるだろう。事実、先代のいつきひめ『夜風』は数年前、鬼に食われ命を落としたという。かつての惨劇が想起されたらしく、男達は狼狽えざわめき始める。

当時の巫女守であった元治も、その鬼との戦いに殉じた。

「姫様が……」

「やはり鬼は……」

次々に不安の声が上がる。

いつきひめはマヒルさまと繋がる巫女。葛野の民にとって火女は信仰の要、精神的な支柱だ。

それが脅かされるという事実に心中穏やかではない。

「いえ、あるいは『夜来』かもしれません」

従容たる白夜の弁に、動揺も多少の落ち着きを見せる。

「いつきひめが代々受け継いできた宝刀。鬼にとっても価値があるものでしょうから」

「ほう……」

怪訝そうに長が眉をひそめた。

「夜来」とは社に納められているこの御神刀は火の神の偶像であり、管理者に選ばれた者、即ちいつきひめは「夜」の文字の含んだ名に改名するのが習わしとなっている。当代の所有者である彼女も、本名とは別に「白夜」と名乗っていた。

「鬼が御神刀を……夜来は葛野の技術の粋を尽くして造られた太刀。千年の時を経てなおも朽ち果てぬ霊刀だという。鬼もその力を欲するかもしれぬ、ということですかな」

「ええ、可能性はあると思いますが」

厳めしい顔が歪み、長の目がいやに鋭く変わった。そうして左手で顎をいじりながら「ふむ」と一つ頷く。

「ですが、姫様自身が狙われる理由となるのもまた事実。それはお忘れなきよう」

「そう、ですね」

返答がほんの少しだけ強張る。襲撃への恐怖ではない。躊躇い、いや戸惑いが近いか。直接顔を見なくとも、甚太には彼女の硬さが感じ取れた。

だが、長は気にも留めず話を続ける。老獪な彼ならば、気付かなかったのではなくも見ぬふりをしたのだろう。

「御理解いただけて幸いです。姫様は葛野になくてはならぬお方、我らの支柱。そして、いつきひめを、葛野の未来を慮るのは集落の長たる私の責務。ならばこそ、時には諫言を口にせねばならぬ場合もございます。何卒ご容赦を」

「……ええ、分かっています」

白夜の返答に、長は恭しくかしずく。慇懃無礼に見えるが、その忠心に疑いはない。長は本心から葛野の安寧と繁栄を望んでいる。それは集落の誰もが知るところ。だからこそ白夜も諫めはしなかった。

「甚太よ」

　一呼吸を置いてから、長が甚太を見据えた。

「以後も葛野の宝、姫様と夜来を狙う鬼は出てくるだろう。巫女守としての責、身命を賭して果たすように」

「御意」

　白夜を責めるような物言いに反感はあったが、彼女自身が認めた以上、食って掛かっても仕方がない。短く答えれば、従順な態度に満足したのか、長はゆっくりと頷いた。

　これで発言する者は誰もいなくなり、そろそろ解散かと思われた時、場違いなくらいに悪意を帯びた揶揄が飛ぶ。

「そうだよな、お前にはそれしかできねぇからな？」

　嘲りは長の隣に座っていた若い男から。細面で顔立ちは良いが、嫌らしいにやつきのせいで凛々しさはあまりない。甚太よりも一回り小さい背格好の青年、名を清正といった。

　彼は甚太にとって同僚に当たる、この集落に二人しかいない巫女守の片割れだ。といっても白夜が選んだ訳ではなく、半年程前に長が無理矢理ねじ込んだ人物である。

　清正は長の一人息子だった。

集落のまとめ役、その後継として教養を身につけてはいるが、剣の腕はさほどでもない。その為、彼は巫女守でありながらも鬼切役は受けない。主に甚太が葛野を離れる時、または何らかの理由で護衛に付けない場合、代わりに社の守を務めるのがせいぜい。

果たしてそれで巫女守と言えるのか。老いてから生まれた子供、我が子可愛さで長が選んだのでは。

疑問も多く上がったが、表だって長に反抗出来る訳もなく現状は続いている。

甚太が射るような視線を向けても、清正はどこ吹く風と軽薄なまま。同じ役に就く二人だが、お世辞にも仲が良いとは言い難い。巫女守に就いた当初から清正は棘のある態度をとっており、甚太も明らかに長の権力で巫女守となったこの男には含むところがあった。

「何が言いたい」

「そのまんま、お前は刀を振るうしか能がないって話だよ」

厭味ったらしい物言い。しかし否定する気にはなれないし、出来なかった。その罵倒は、同時に自己評価でもあった。どれだけ取り繕おうと所詮は斬るしか能のない男、指摘されたとて今更だろう。

甚太は眼をつむり、こくりと首を縦に振った。

「成程、確かにその通りだ。ならばこそ、刀をもって姫様に尽くそう」

「……ちっ、つまんねぇ奴だな」

挑発を平坦に返され、腹立たしいと、清正は露骨に眉根を寄せる。

顔色こそ変えないが、甚太もまたこの男を不愉快に思っている。険悪な雰囲気は続き、誰も口を挟めずにいた。
「神前での諍いは褒められたものではありません」
それを打ち破ったのは、白夜の静かな叱責だ。
「甚太、そして清正。巫女守はいつきひめの、ひいては集落の守り人。貴方達が争っていては集落の民も不安を抱くでしょう」
「……は、申し訳ありません」
いつきひめに窘められては反論もない。甚太はぐっと頭を下げる。素直な応対を快く思ったのか、御簾の向こうで微かに影が揺れた。
「貴方もです、清正」
「俺もかよ」
「当然です。貴方も巫女守でしょう」
「巫女守っつっても、俺はお前の護衛くらいしかしねぇんだけどな」
こちらは内心の不満を一切隠さない。あまりの乱雑さに白夜も小さく溜息を漏らした。
「相変わらずですね」
「今更喋り方を変えろって言われても無理だぜ?」
「ええ、期待はしていません。ただ今回の諍いは貴方の不要な発言が招いたこと。以後は」
「へいへい、分かってますよ」

清正は面倒くさそうに言い捨て雑に話を切り上げる。長の息子だからか、あんまりな応対を咎める者は誰もいない。
　ただ、白夜自身も疎ましくは感じていない。それどころか楽しげでさえある。強張っていた彼女の声はいつの間にか柔らかさを取り戻していた。
　二人の遣り取りに甚太は微かな痛みを覚える。白夜と清正の間に、少なからず親しみというものが感じられたからだ。奴も巫女守、いつきひめと近しくなって当然。十分に理解しながらも痛みは消せなかった。
「清正の態度には罰を与えるべきですが、姫様が認められたならば私からは言うことはありません」
　杓子定規な考え方をする長も息子には甘く、叱り付けはせず、どころか頬は僅かに緩んでいる。僅かの間の後、長は一転表情を引き締め、周りの男達に厳しい視線を送った。
「では、今回のところはこれで終わりとする。甚太、お前はそのまま姫様の護衛を。他の者は各々の持ち場へ戻るように」
　それに従いほとんどの者は白夜へ一礼をした後、社から出て行く。
　清正も一瞬こちらを睨ね付けるが、何も言わず長に従い、本殿には甚太だけが残された。
「今この場にいるのは貴方だけですか」
「は。皆、本殿から離れました」
　人がいなくなり静けさを取り戻した社殿では白夜の声もよく響く。甚太が答えると、何やら御

簾の向こうで音がした。影を見るにどうやら立ち上がったらしい。一度二度と辺りを見回すように首を振り、確認し終えれば御簾がはらりと揺れる。

「なら、もう大丈夫ですね」

言いながら一人の少女が姿を見せた。

腰まである艶やかな黒髪がなびく。少したれた瞳の端が幼さを醸し出す、細面の少女だった。社で長く生活しているせいだろう、日に当たらない肌は白く、細身の体は触れれば壊れる白磁を思わせた。緋袴に白の羽織、あしらい程度の金細工を身に付けた少女はゆっくりと歩き始める。

「姫様？」

呼びかけるも何も返さない。

いったいどうしたのだろうか。疑問を投げかけるより早く彼女はこちらへ近付き、目の前で立ち止まる。そして体を屈め、甚太の両の頬をつねった。

「ふいめはま？」

数多の鬼を葬ってきた剣士とは思えぬ間抜けな反応だった。とはいえ護衛対象であるいつきひめには逆らえず、されるがまま。しばらく白夜はおもちゃのように頬をいじり、最後にぐっと引っ張ってようやく手を離した。

「ねぇ、甚太。何回も言ってるけど、なんでそんな喋り方なの？」

先程までの清廉とした巫女の姿はどこにもない。

そこいらの娘となんら変わらぬ少女がそこにはいた。

「いえ、ですが。やはり立場というものが……それに姫様、今のはさすがによろしくないかと。その、巫女としてというより、淑女として」
「また姫様って言った。誰もいない時は昔みたいに呼んでって言ったよね？」
「ですが」
「……そりゃあ、抵抗があるのは分かるけど。せめて二人の時くらいは名前を呼んでほしいな。今はもう、そう呼んでくれるのは甚太だけなんだから」
 いつきひめは現在でこそ神性も薄れてきたが、古くは神と同一視された存在。巫女守とはいえ、決して気安く接していい相手ではない。しかし、それこそが不満だと白夜は言う。
 反論しようとして、白夜の表情に止められた。笑顔のままだというのに、隠した寂寞(せきばく)を抑えきれないのか瞳が揺らぐ。それは以前にも見た覚えがあって、だから向かい合うならば巫女守のままではいけないと思った。
「白雪」
 そうして口にする、使われなくなって久しい幼馴染の名。
 一瞬呆け、しかしゆっくりと染み渡り、白夜は次第に顔をほころばせる。
「済まなかった、白雪。もう少し気遣うべきだった」
「ううん。私こそごめんね？　我がまま言って」
 抑揚のない、淡々とした甚太の喋り方。素っ気なく聞こえるはずなのに、白夜は満足そうに頷いている。

巫女守となって「俺」から「私」に変わり、口調も今のように堅苦しくなった。だが言葉遣いは変わっても、甚太は昔と変わらず彼女の我がままを当たり前のように受け入れる。それが嬉しかったようで、白夜は懐かしむように目を細めた。
「もう一回、呼んで?」
「白雪」
「……うん」
意味のないやりとりに、まとう空気が和らぐ。
先程見た寂しげな色はなく、こぼれた笑みは郷愁に似た何かを帯びていた。
今から十三年前のことである。
当時五歳であった甚太は、ある事情で妹と家を出て江戸から離れた後、先代の巫女守である元治に拾われ葛野へ移り住んだ。行く当てのなかった兄妹はそのまま元治の家で暮らすようになり、そこで出会ったのが彼の娘、白雪だった。幼い頃の二人はどこへ行くのも一緒で、そのうえ住む場所も同じだから、離れている方が珍しかった。
しかし八年前、先代の巫女・夜風が命を落としたことにより、その娘である白雪はいつきひめを継ぎ、同時に宝刀「夜来」の管理者となった彼女は習わしによりかつての名を捨てた。無邪気にはしゃいでいた幼馴染の白雪は、葛野の繁栄を祈るいつきひめとして、「白夜」として生きる道を選んだのだ。
「駄目だね。いつきひめになるって決めたくせに、いつまでも甚太に頼って」

「何を。私は巫女守だ。巫女守はいつきひめを守るものだろう」
「……うん、ありがと」
 けれどはにかむ姿は、懐かしい、あの頃のままだ。
 白雪はいつきひめとなった。それでも幼かった頃は、彼女にとって捨てきれるものではないらしい。
 だからだろう、白夜は甚太と二人きりの時だけは「いつきひめ」ではなく「甚太の幼馴染」であろうとした。俗世から切り離されてしまった彼女にとって、かつての自分を知る者との会話は数少ない慰めだった。
「今回もご苦労様。いつも無理をさせちゃうね」
「あの程度の鬼ならば無理の内には入らない。元より私は」
「私は？」
「いや、なんでもない」
 こぼれそうになった本音を途中で止める。さすがに「私は白夜を守るため巫女守になった」などとは、恥ずかしすぎて口には出せない。
「もう、仕方ないなぁ甚太は。お姉ちゃんがいないと何にも出来ないんだから」
 だが、言葉にせずとも想いは伝わるらしい。白夜は溢れんばかりの喜びを隠そうともせず、ぐしゃぐしゃと甚太の頭を撫でる。
「誰が姉だ。お前の方が年下だろう。あと、撫ですぎだ」

「一つしか違わないでしょ。それに私の方がしっかりしてるからお姉ちゃんなの」

「しっかり、している？　自分も巫女守になると言って親を困らせ、魚を捕まえようと川に入り溺れ。ああ、そう言えば鈴音と一緒になって『いらずの森』へ探索に行き、迷子になって泣いていたこともあったな。ほう、しっかりしている、か」

「嫌なことばっかり覚えてるな……」

「この手の思い出はいくらでもあるからな」

触れる懐かしさに自然と目尻は下がる。

遠い昔、まだ立場に縛られず甚太と白雪でいられた頃、二人は確かに幸せだった。辿り着いた現在を不幸と呼ぶつもりはない。だが、それでも時折には夢想する。あの幼い日のまま変わらずにあれたなら。今もまだ甚太と白雪であったとすれば、二人はどうなっていたのだろうかと。

ふと思索に耽り、意味がないと気付き考えるのを止めた。

白雪は己の意思でいつきひめとなった。甚太もまた、それを守ろうと巫女守になると決めた。ならば別の可能性を描くのは、彼女の、そして自身の決意を汚すことだ。だからその答えは出ないままでいい。

「そう言えば。今日はすずちゃんも来てるよ？」

思考を現実に引き戻し、しかし一瞬何を言われたのか分からなかった。

白夜は思い出したように後ろを振り返り、御簾（みす）の方へ近付いていく。

「……ちょっと待て。社殿は立ち入りが禁じられているはずだろう」
「本当に、どうやって入ったんだろうね？　表には人もいるのに」

 言いながら白夜は座敷へと戻り、こちらへと手招きしている。誘われるがままに足を踏み入れれば、まず目に入ったのは小さな祭壇だった。左右に榊立てを配置し、灯明を配しただけの簡素な造り。その中心には一振りの刀が納められていた。
 御神刀。先程話題にも出た「夜来」である。
 鉄造りの鞘に収められた二尺八寸程の大刀。曰く千年の時を経ても朽ち果てぬ霊刀。信仰の対象という位置づけではあるが余計な装飾は一切なく、鉄鞘のせいで無骨な印象を受ける。だが、葛野の太刀の特徴は肉厚の刀身とこの鉄鞘であり、夜来の無骨さはマヒルさまの偶像としてはむしろ相応しいのかもしれない。安置された刀には、そう思わせるだけの厳かさがあった。

「ん……」

 しかし厳かな空気をまとう御神刀を前に、そもそも先程まで集落の権威が集まっていたというのに、そんなものは知らぬとばかりに座敷の端で寝息も立てず熟睡している馬鹿が一人。赤茶がかった髪をした、右目を包帯で押さえた六、七歳ばかりの少女が、実に気持ちよさそうな寝顔を見せている。
 鈴音。かつて一緒に江戸を出た、甚太の妹である。
 その寝顔はあまりにも穏やかで、思わず呆れ交じりの溜息が漏れる。

「……こいつは」

なんと言おう、よくぞ誰にも気付かれなかった。

本来いつきひめに直接対面することが出来るのは、集落の長と巫女守のみ。もしも誰かに見められれば「いつきひめに不敬を働いた」と、斬って捨てられても文句が言えない状況だ。この子の迂闊さには頭が痛くなってくる。

「そう言わないの。すずちゃん、甚太に会いに来たんだよ？」

「私に？」

「二日もいなかったから、早く会いたかったんじゃないかな」

指摘され、少しだけ心を落ち着ける。

此度の鬼切役で、二日程葛野を離れていた。かつてはいつきひめになる前の白雪と、彼女の父親の元治とともに暮らしていたが、今は兄妹での二人暮らしだ。甚太が集落を離れている間、どうしても鈴音は一人で過ごすことになる。まだ幼いままの妹が、寂しいと思わない訳がなかった。

「すずちゃん、まだ小さいから。甚太が家に帰ってくるまで我慢しきれなかったんだと思う」

「しかし、掟は守らねばならん」

「私としては、こうやって気軽に来てくれる方が嬉しいんだけどなぁ」

無理と分かっていながら白夜がぼやく。

甚太と白雪と鈴音。幼い頃、三人はいつでも一緒だった。けれど懐かしい日々はもはや記憶の中にしか存在せず、今の彼女は社の中で一人。自ら選んだ道だ。嘆くことはなく、白夜もやり直したいとは思っていないだろう。それでも、

ちらと覗き見た彼女の瞳は、処理しきれない感情に微かながら揺れていた。
「なんてね、冗談」
こぼれ落ちた弱音をすぐさま冗談に変え、ぺろりと舌を出す。その様子は、聞かなかったことにしてほしいと言外に示していた。だから甚太は、誤魔化しきれなかった彼女の寂寞に気付かぬふりをした。
「そろそろ起こすか」
「うん、ありがとね」
噛みあわないようでぴたりと嵌ったやりとり。その距離感が心地よい。けれど、これ以上は引き摺らないよう話題を終わらせ、甚太は屈んで鈴音の肩を掴み揺り起こした。
「鈴音、起きろ」
少し揺すると寝返りを打ちながら小さく呻く。眠りは浅かったらしく、それだけで十分に目が覚めたようだ。
「⋯⋯ん。あっ、にいちゃんおはよ」
うっすらと瞼を開いた鈴音は、甚太の姿を見ると、すぐさまふんわりとした笑みを咲かせた。甘えるように瞳を潤ませ、上目遣いのまま、のっそりと起き上がる。
「それと、おかえりなさい！」
おかえりという言葉がすぐ出る辺りに、たった二日でも、この子にとっては長かったのだと否応なく理解させられる。そんな態度で迎えられては、怒るなどできそうもなかった。

「ああ、ただいま」
 ふわりと鈴音の頭を撫でれば、くすぐったそうに身をよじる。無邪気な妹に、一時、ここが社であることも忘れる。普段ならば鉄のように硬い甚太の表情も和らいだ。
「甚太は、すずちゃんにだけは甘いよね」
「そんなつもりはないが」
「そう思ってるのは、多分本人だけだと思うよ。甘いのは昔っからだし」
 からかいを否定しながらも、しきれないところが辛い。お互い唯一の家族、自然と甘くなってしまうところはあると自覚している。
「いいことだとは思うけどね。でも、もうちょっと私にも優しくしてくれたらいいと思います」
「あー、なんだ。気を付けよう」
「それでよろしい」
 おどけた調子で頷く白夜が妙に幼く見えて、自然と目尻が下がる。
 今度は鈴音に向き直り、まっすぐに見据える。怒る気は失せた。それでも、今後、社に忍び込むことのないようにちゃんと教えておかなければならない。
「さて、鈴音。何度も言っているが、ここはみだりに近付いてはいけない禁域だ。基本的に立ち入りが許される場所ではない」
「えー、でも、にいちゃんだって来てるのに」
「それは巫女守のお役目だからだ」

「またまた、知ってるんだよ。にいちゃんがひめさまを……」

それ以上はいけないと、とっさに鈴音の口を塞ぐ。

危なかった。もう少し遅かったら、致命的な発言が飛び出るところだった。

「ね、私がどうしたの？」

しかし白夜は頬を染め、甚太のすぐ隣で喜色満面といったご様子。隠したところでこちらの気持ちなど完全に筒抜けらしいが、だからといって改めて口にするのはさすがに気恥ずかしい。

「いや、なんでもない」

顔が熱い。その時点で内心など透けているが、せめてもの強がりに憮然と返す。それがおかしかったようで、白夜は堪え切れず吹き出した。

「もう、仕方ないなぁ甚太は」

「にいちゃんは照れ屋さんだね」

「ほんとだね」

いつの間に結託したのか、白夜と鈴音は顔を見合わせてくすくすと。叱ろうと思ったはずが、何故かからかわれる立場になっていた。恥ずかしさに一度咳払いし、どうにか説教を続ける。

「ともかく！　以後は気を付けるように。これはお前の為でもあるんだ」

「はーい！」

返事はいいのだが、果たしてどれだけ効果があったのかは分からない。多分、いけないと分か

っていても、すぐに来てしまうのだろう。その様がありありと想像できる。内心が顔に出ていたのか、やはり白夜は面白そうにしていた。

「お兄ちゃんは大変だね」

ああ、全くままならぬものだ。

苦笑を落とし、しかしそれも悪くないと甚太は小さく息を吐いた。

社殿には、本来あるべきではない明るさが満ちていた。白夜と鈴音の遣り取りを眺めれば、甚太の顔付きも自然と柔らかくなる。まるで幼い頃に戻ったような温かい景色だった。

なのに言い様のない寂寞が胸を過る。今はこうやって笑い合っているが、いつきひめとなった白夜が、外に出て年頃の娘のように振る舞うことは許されない。神聖なものは神聖なものであらねばならず、社に閉じ込められ、只人ではいられなくなった少女。その孤独は一体どれほどのものだろうか。

想像しようとして、一太刀の下に思考を斬って捨てる。憐れみはしない。してはいけない。白夜は、白雪は、葛野の民を守るために自らその道を選んだ。

　　──おかあさんの守った葛野が好きだから。
　　私が礎(いしずえ)になれるなら、それでいいって思えたんだ。

遠い昔。儚げで力強い、いつかの誓いを覚えている。それを美しいと感じ、だからこそ守りた

50

いと願った。ならば憐れんでいいはずがない。安易な憐憫は彼女の決意を、その地続きである今を軽んずるに等しい。

だが、せめて心安らかであって欲しいとも思う。

巫女守になった理由を今更ながらに噛み締める。他が為に己が幸福を捨てた幼馴染。その幼くも気高い決意を守る為に。彼女が描く景色を尊いと信じたからこそ、刀を振るうと決めたのだ。

「……にいちゃん、ひめさま。そろそろ帰るね」

甚太の横顔を見る鈴音の声が、何故か少しだけ陰った。

「もう？　折角だから、もう少しいればいいのに」

「ううん。見つかったら大変だし。にいちゃんにも会えたから」

穏やかに目尻を下げる様は、あどけない外見とは裏腹に落ち着いている。かと思えば破顔して、無邪気さを振りまく。

「じゃね、にいちゃん。早く帰ってきてね！」

「いや、一人で行って見つかっては」

「ちゃんと抜け道を使ってきたから大丈夫！　ひめさまも、またね」

右目の包帯を直し、鈴音は小走りで出口へと向かう。どうやら社には、あの娘しか知らない抜け道があるらしい。誰にも見つからず座敷へ辿り着けた理由はそれか。甚太は少しばかり安心して小さな背中を見送る。

鈴音は最後に一度だけ振り返り、大きく手を振って、そのまま社殿から出て行った。

「気を遣わせたか」
　鈴音のやり様はあからさまだった。大方、白夜と二人きりになれるようにという、あの子なりの配慮だろう。幼いままの妹にまで胸の内は筒抜け、そのうえ気を遣わせてしまうとは我ながら情けない。
「はぁ……ほんと、すずちゃんはいい子だねぇ」
　しみじみと、感心したように白夜は息を漏らした。
　それについては同感だが、褒めきれないところもある。
「私としては、もう少し我がままになってほしい」
「いい子過ぎるのも心配？」
「あいつは自分を抑え過ぎるからな」
　その出自故か、鈴音は普段から周りに対して引け目のようなものを感じている。
　だからだろう。甚太と白夜以外の人間とは上手く話せず、特別な用事がない限りほとんど家の中で過ごしていた。そういう現状が、兄としては気がかりでならない。
「掟だから叱りはしたが、できるなら社に遊びに来るくらいは認めてやりたい。そちらの方が鈴音の為だ」
　甚太はいずれ鈴音よりも早く死ぬ。そうなれば、あの娘は一人になってしまう。それを考えれば自ら外へ出てくるのはむしろ好ましく、しかし掟に背いている以上、肯定はしてやれない。正直、複雑な気分ではあった。

「結構、考えてるんだね。なんていうか、ちょっと意外」
「兄だからな。妹の幸せを願うのは当たり前だろう」
「ふふっ、そっか。ほんと、お兄ちゃんは大変だ」
年上ぶるのはいつもだが、慈しむような優しい響きは、それこそ姉のようだ。なんとなくこそばゆくて、ふいと視線を逃がす。そんな照れ隠しも見抜かれていて、白夜は楽しげに笑っていた。
目の端に涙を溜めるくらいひとしきり笑うと、白夜がようやく落ち着きを取り戻した。そのまま二人は、ゆったりとしばらく雑談に興じる。けれど、すぐに和やかさを遮るような、板張りの床が軋む音が聞こえてきた。
「静かに。人が来た」
先程の気安さは一瞬で消え去る。白夜は慌てた様子で居住まいを正し、甚太も板張りの間へ戻って襟を正す。社には静寂が戻り、幼馴染だった二人はいつきひめと巫女守になった。
しばらくすると本殿の外、高床の廊下から声がかけられた。
「姫様、少しよろしいですか」
先程帰ったはずの長だ。
助かった、もう少し鈴音を帰すのが遅ければ鉢合わせになっていた。すんでのところで最悪の事態は回避できたようだ。
「何かありましたか?」

冷静で、威厳を感じさせる態度。先程まで戯れていた幼馴染の姿はなく、ただ一個の火女がそこにはあった。
「いえ、以前の件を少し煮詰めたいと思いましてな」
「……そう、ですか」
御簾の向こうで白夜が固くなったのが分かる。以前の件が何かは分からないが、あまり楽しい話題ではないのだろう。
「失礼いたします」
返答も聞かずに長は本殿へと踏み入ってくる。
最低限の礼節を忘れる程に重要な話なのか、長にしては珍しい不作法だ。その重さはこちらを一瞥する目の鋭さからも感じ取れた。
「甚太。少しの間、外へ出ていてくれんか」
「ですが、私は巫女守。鬼切役を承っているなら兎も角、平時に離れることは」
白夜のまとう雰囲気に、傍を離れるのは躊躇われる。自身の役職を使って精一杯の抵抗を試みるが、否定は予想外のところから出てきた。
「甚太、貴方は下がりなさい」
声は冷たい。いや、冷たく聞こえるよう意識した硬質な物言いだ。
彼女との付き合いは長く、だから分かる。今から行われる話は聞かれたくない類のもの。それも白夜ではなく白雪にとって、である。

「……御意。ならば、私は社の外で控えます」

短い返答を受け一礼、背を向け本殿の外へと向かう。止めるものは、この場にはいない。白雪ならば「ごめんね」とでも付け加えただろう。しかし、白夜は謝らない。神と繋がる火女が俗人に謝罪すれば、その神聖さを貶めることに繋がる。だから内心がどうであったとしても、白夜は甚太を自分よりも下位の存在として扱わねばならない。彼女がいつきひめである以上、幼馴染であってはならないのだ。

「甚太」

呼び止められ振り返る。

御簾の向こうにいる少女が、どのような顔をしているのかは分からない。声音にも抑揚はなく、そこから感情を読み取ることは出来なかった。

「葛野を、これからも頼みます」

こぼれ落ちたのは幼馴染の白雪の願い。同時に「頼む」という、彼女に許された精一杯の謝罪だ。

「は。巫女守として為すべきを為しましょう」

ならば幼馴染ではなく巫女守として返さねばならない。御簾までは約三間。だというのに、たったそれだけの距離がやけに遠く感じられる。表情を鉄のように硬くし、努めて平静を装い、再び歩みを進める。

踏み締めた床がぎしりと鳴った。
その音に、冷たい社殿はさらに冷え込んだような気がした。

2

ただあの夜、雨が降っていたことだけは今も覚えている。
歳月を重ねれば記憶も薄れる。

いつきひめへの報告を終え、二日ぶりに家へ帰り、一夜が明けた。
社(やしろ)のある高台の下、それほど遠くない場所に甚太の家はある。藁(わら)を敷き詰めた屋根に周囲には土壁と杉の皮を張った、昔ながらの造りの家だ。さほど大きいという訳でもないが、妹と二人で住むには十分すぎる。この家は巫女守となった十五の時、正式に与えられたもの。かつては元治や白雪と共に暮らした場所だ。
土間と、いろりのある板の間と畳敷きの座敷が二つある。

「鈴音、もう朝だぞ」

すうすうと寝息を立てる鈴音を揺さぶる。
しかし目を覚ますどころか、寝足りないとますます体を丸めてしまう。幼げな仕種に心が温まる。二人暮らしをするようになって随分経つが、寝起きの良くない妹を起こすのは日課であり、一種の道楽になりつつあった。
まだ起きようとしない鈴音を眺めながら、ふと昔のことを思い出す。

甚太と鈴音が生まれたのは江戸のそれなりに裕福な商家で、幼い頃は何不自由のない生活をしていた。母は妹を産んだ時に死んだらしい。以降は、父が男手一つで生活を支えてきた。商売で忙しいだろうに、時折好物の磯辺餅を焼いてくれて、遊びにも連れて行ってくれる。仕事に関しては真面目で厳しいが、甚太にとっては優しい父だった。そんな父親に感謝し慕ってもいたが、どうしても我慢ならないことが一つだけあった。
 父は、妹の鈴音には風当たりが強かった。
 ――これは私の娘などではない。
 嫌うどころか憎しみと呼べるほどの悪意を向け、虐待していたのである。
 幼心に甚太は、妹が生まれたから母が死んだ、父はそう思っているのだろうと考えた。だから責めはしなかった。代わりに、少しでも妹が安らかに過ごせるよう心を砕いた。
 鈴音は、唯一自分に優しくしてくれる兄に大層懐いた。父はそんな甚太を戒めたが、それでも止める気は起きなかった。妹がさらなる虐待を受けないように、いつも鈴音の傍にいた。甚太は妹も父も好きだった。子供ながら必死に家族の形を守ろうとしたのだ。
 もっとも、その努力も意味はなかったが。
 ――あの化け物ならば、もう戻ってくることはない。
 嫌悪に満ちた目は、普段の厳めしくも優しい表情からは程遠い。あの遠い雨の夜、父はいとも容易く鈴音を捨てた。殴り、蹴飛ばし、暴言をぶつけて。最後まであの人は、鈴音を娘とは認めなかった。

父を慕っていたのは事実だが、その所業を受け入れられず、甚太も鈴音を追いかけて家を出た。

雨に濡れ、行く当てもなく立ち尽くす妹の姿に、傍にいてやりたいと思った。

こうして兄妹は生まれ故郷を捨て、葛野の集落へ流れついた。

それが十三年も前の話である。

「まだねむい……」

当時に比べれば、ここでの暮らしは穏やかなものだ。体を揺すっても起きようとしない鈴音に、小さく笑みがこぼれる。ほとんど衝動的に江戸を離れたが、葛野に移り住んだのはこの子にとっては幸いだった。

ただ、安眠に浸り切る妹の姿を見ていると、ほんの僅かな不安を覚えもする。

「お前は、変わらないな」

手櫛（てぐし）で赤茶がかった髪を梳きながら、思い出の中の姿と寝ている今の姿を見比べる。この娘の容姿は七歳程で止まったままだ。ここで十三年の月日が経ったにもかかわらず、あの頃から僅かしか成長していない。相変わらず、幼い妹のままで鈴音は眠っていた。

「いい加減起きないか」

「ん、おはよう……にいちゃん」

強く揺さ振ると、ようやく目を開き、ゆっくりと体を起こす。

しかし、まだ完全に目が覚めた訳ではないらしく、頭はゆらゆらと揺れていた。

「起きたなら顔を洗え。食事は用意してある」
「はーい……」
　額を人差し指でぴんと弾くと、鈴音が頭をふらつかせながらも布団から抜け出して、のたのたと土間へ向かう。思わず甚太の口から温かな息がこぼれた。
　いつも通りの朝だった。

「にいちゃん、今日はゆっくりだね」
「ああ。社に向かうのは昼頃でいいそうだ」
「そうなの？　へへ、やった」
　麦飯と漬物だけの質素な朝食を終え、出かける準備を整える。
　朝方、社の使いが訪れ、今日はいつもの時間ではなく、日が真上になる頃に来ればいいと通達があった。おかげで大分のんびりとした朝の時間を過ごしている。
　それが嬉しいのだろう、鈴音は甚太の膝に乗って甘えるように背を預けていた。時折、目の前にある赤茶がかった髪を撫で、上機嫌な幼い妹をただじっと眺める。
　その様がことさら愛おしい。

「んー？　なにかついてる？」
　頬を緩ませて、鈴音がこちらを振り返る。しっかりと巻いていなかったのか、右目を隠す包帯が少しばかり緩んでいた。

「包帯、ずれているぞ」
「あ……」
指摘され慌てて包帯を直す。
この子は、江戸にいた頃から右目を隠している。当時は気付きもしなかった。だが遠い雨の夜に、甚太はようやくその意味を理解した。
今でも忘れることはない。
父に捨てられ、降りしきる雨の中、どこにも行けず立ち尽くす幼い妹。
——うぅん。にいちゃんがいてくれるなら、それでいいの。
耐えがたい痛苦の中、それでも微笑みを向けてくれた。
けれど濡れて重くなり、ずり下がる包帯に虐待の理由を知る。
あの時、甚太は確かに見たのだ。
鈴音の右目は、赤かった。
「これで、大丈夫？」
「ああ」
包帯を整えて、不安そうに甚太を見上げる。
赤眼は鬼の証。そのせいで父に疎んじられていたのだと知った鈴音は、決して他人に赤い右目を見せず、江戸を離れてからも隠し続けていた。
とはいえ、今はそこまでする意味もないのだが。

甚太達が葛野の地に住み着いて長い年月が過ぎた。しかし、鈴音はいまだ六、七歳の幼子にしか見えない。そして、隠した右目。これだけの要素があれば、誰もが答えに辿り着けるだろう。
　だが、葛野の民は誰一人として、そのことに触れようとはしなかった。長も、決して好意的ではないが、鈴音の秘密を敢えて問い質しはしない。清正でさえ、なじるような言葉は口にしなかった。

「私達は幸せだな」
　今では故郷と呼べる場所になった葛野。流れ者である甚太を、鬼の血を引く鈴音をこの集落は受け入れてくれた。ここへ連れて来てくれた元治、そして迎え入れてくれた夜風には感謝してもしきれない。
「すずはにいちゃんがいるなら、いつだって幸せだよ」
　赤茶がかった髪が揺れている。
　まっすぐ過ぎる好意に嘘はない。しかし、ふと重なったいたいけな瞳は、兄の心の奥を密かに探っているようだった。
「……でも、きっと。にいちゃんは、ひめさまと一緒の方が嬉しいんだよね」
「む……」
「やっぱりにいちゃんは、ひめさまと結婚したい？」
「いいや」
　答え難い問いだ。どう返そうかと一瞬悩むが、鈴音の方がすぐに続ける。

今度は迷いなくきっぱりと否定する。
それは立場を気にしてではなく、素直な気持ちだった。
「それって、ひめさまがひめさまだから?」
「そうではない。……今更隠しても仕方ないな。私は、白雪を好いている。だが、あいつと夫婦になりたいと望んでいる訳ではないんだ」
「好きなのに?」
「だからこそ、だな」
煙に巻かれたような気分なのか、鈴音が不満そうに頬を膨らませる。そんな妹がことさら幼く見えて、甚太は窘めるように頭を撫でた。
「私は白雪を好いている。だがそれ以上に、白夜を尊いと思う。そういうことだ」
「分かんないよ。だって、好きな人とはずっと一緒にいたいって思うもん」
「そうだな。だが私には、それが上手くできないんだ」
「にいちゃんは、ひめさまが好きなんだよね?」
「ああ。……我ながら、ままならない」
しばらく無言の時が続き、小さく肩を震わせた鈴音が縋りつくように擦り寄る。甘えているのではなく、怯えているのだ。
「にいちゃん」
噛み合わない会話は、ずれて途切れた。

触れ合える距離、温もりを感じて。

だというのに鈴音が迷子のように見える。

この娘は何をそんなに怖がっているのだろう。それが甚太には分からなかった。

砂鉄と炭を同時に火にかけると、砂鉄は燃え上がる炭の隙間を落下する間に鉄へと変化する。この時期使用する炭のことを俗に「たたら炭」と呼び、楢（なら）や椚（くぬぎ）を完全に炭化しないよう焼いたものを使うのが一般的であった。これは製鉄の工程において重要な要素であるため、葛野の地でも定期的にたたら炭作りが行われている。

その時期には住居の立ち並ぶ区域からも見えるほどに煙が朦々（もうもう）と立ち込め、同時に鉄を加工する鍛冶師達の奏でる槌の音と混ざり合い、葛野は得も言われぬ雰囲気に包まれる。製鉄には携わらない甚太であるが、騒々しい集落の様子は気に入っていた。立ち上る煙を横目に見ながら、愛刀を腰に差し社へと向かう。

そろそろ日が真上に来る。時間としてはちょうどいいだろう。

遠くからは、かぁん、と何度も鉄を打つ音が響いている。それを心地よく感じながら歩いていたのだが、道の途中で嫌な顔と出くわした。

「よう、甚太じゃねえか」

清正は相変わらず不愉快なにやけ面を引っさげ、右手には何か包みを持っている。それをぶらぶらと揺らしながら、小馬鹿にしたような態度で絡んできた。

「今から白夜のところか？　ああ、朝はお前だけ呼ばれなかったみたいだしな」
「清正、せめて社の外では言動に気を配れ。姫様が軽んじられる」
どこに人目があるか分からない。自分のことはいったん棚に上げて、巫女を貶めるような真似は慎むべきだと窘めるも、当の相手はどこ吹く風だ。
「いいんだよ、別に。本人がそう呼べって言ったんだからな」
睨みつけても怯まず、にたにたとしている。
随分と機嫌が良さそうだが、機嫌が良かろうが悪かろうが鬱陶しいことには変わりない。
「……どういうことだ」
「おお怖い怖い、そんなんじゃ女にもてねぇぜ」
この男は、初めて会った時からこちらを見下した振る舞いで接してくる。理由は分からないが、あからさまな敵意を向けられることもあった。正直に言えば付き合いたくない手合いである。
「用がないならもう行くが」
巫女守という立場故に冷静さを演じてはいるが、元々甚太は沸点が低い。表情こそ取り繕っているものの、内心かなり苛立っていた。
「っと、忘れるところだった。ほらよ」
こちらに向けて、清正が包みを投げ渡す。意味が分からず、甚太は訝しむ。
「なんだこれは」
「饅頭だよ、行商が来てたから買っといた」

思わず思考が止まった。

何故、この男が饅頭など渡すのだろうか。脈絡のなさに本気で頭を悩ませる。それに気付いたのか、清正が顔を歪めて付け加えた。

「お前にじゃねえ、鈴音ちゃんにだ。あの娘はほとんど外に出ねぇからな」

その発言もまた意外だ。友人同士でもあるまいに、妹を気遣われる理由がない。裏を読もうとじっと観察していると、ふいに清正が視線を逸らす。

「鈴音ちゃんだって、たまにゃ甘いもんでも食べてぇだろ」

ぶっきらぼうだが、他意はないように見える。どうやら純粋に鈴音の為らしい。言いたくはないが、思ってもみなかった行動に未だ動揺を隠せないが、とにかく頭を下げる。

礼を返さない訳にもいかない。

「すまん、感謝する」

「ちっ、お前からの礼なんて虫唾(むしず)が走る。そんなもんいらねぇからちゃんと渡せ」

「ああ、そうさせてもらおう。だが、何故お前が鈴音を気遣う？」

そもそも二人の間に交流などまるでない。彼の意図を探りたかった。

「……そりゃ、似た者同士だからな、俺もあの娘も。だから苦しみも分かるさ。俺は鈴音ちゃんほど強くなれねーけどよ」

明確な答えは返さず、意味の分からない言葉を吐き捨てて、清正は横を通り過ぎていった。

残ったのは預けられた饅頭だけ。

離れていく背中は力がなく、どこか悲しそうにも見えた。

「おお、来たか」
　社殿に顔を出した瞬間、長が安堵したように息を漏らした。他にも集落の権威たちが揃って顔を突き合わせている。
　いったい何事か。不思議に思いながらもまずは御簾の前でひざまずき、白夜へと礼をとる。
「巫女守、甚太。参じました」
「……貴方を待っていました」
　御簾越しでは表情は見えない。しかし硬い響きに、白夜の緊張が伝わってくる。不穏な空気から、なにやら逼迫した状況なのだと察した。
「本来ならば、このまま社の守を務めてもらうはずだったのですが……」
「そういう訳にもいかなくなった。つい先刻、集落の娘から聞いた話だ。『いらずの森』へ薬草を採りに行った時、微かながら木陰に蠢く二つの影を見たそうだ。その影のうちの一つは、とてもではないが人とは思えぬような巨躯をしていたらしい」
　白夜が濁した先を長が継いで説明する。
　二つの影。成程、そういう話かと甚太は表情を引き締める。
　そもそも、巫女守がいつきひめの護衛よりも優先しなければならない事態など多くはない。山間の集落において怪異は実存の脅威。それを祓うために、巫女守はあるのだ。

「護衛は清正を呼び戻します」
「では」
「ええ、鬼切役です。甚太よ、貴方はいらずの森へ行き、異形の正体を探りなさい。そして、それが葛野に仇なすものならば討つのです」
背筋が伸びる。
与えられた命を自身の内に刻み込めば、自然眼光は鋭く変わった。
答えなど初めから決まっている。甚太は静かに、けれど力強く白夜に応えた。
「御意。鬼切役、ここに承りました」

「いらずの森」は葛野を囲うように広がる森林、特に社の北側一帯を指す俗称である。鬱蒼と生い茂る草木の中には、山菜や煎じれば薬となる草花もある為、集落の女が踏み入っては籠一杯の野草を持って出てくることも珍しくない。名前から受ける印象とは裏腹に、この森は葛野の民にとって生活の一部と言っていいほど近しいもので、一体どのような謂れをもって「いらずの森」と呼ばれているのか、それを知る者はほとんどいない。説話では、マヒルさまは元々この森に棲んでいた狐だったとも言われているが、事実かどうかは定かでない。
結局のところいらずの森は、葛野の民にしてみれば「山菜や野草の採れる場所」以上の意味はなかった。
「じ、甚太様、こっちですっ！」

異形の影を見たという娘、ちとせに案内されて森へ足を踏み入れる。顔を顰めてしまうほどに濃い緑の匂いは近付く夏のせいだろうか。青々と茂る森は、そこだけが切り取られてしまったかのような錯覚を覚える。
「随分と深くまで来たな」
　ちとせは白雪よりもいくらか年下だが、それでもたたら場の女。体力はあるらしく、かなりの距離を進んで森の奥まで来たが、息は少しも乱れていない。変わらぬ足取りで獣道をひょいひょいと歩いていく。
「この辺りは繁縷がよく採れるん……ますので」
　繁縷は小さな花だが、煎じれば胃腸薬となる。薬売りなど滅多に来ない山間の集落では、自生する薬草を定期的に収穫するのは必須であり、大抵の場合それは女の仕事だった。
「今日の朝、です。ここに繁縷を採りに来たら甚太……様よりも一回りはおっきい影が見えて、それで、その……」
　緊張のせいか、まだ年若い娘であることを差し引いても、説明は要領を得ない。しかし、それよりも気になるのは、彼女の口調だ。
「ちとせ……別に様はいらんし、話しにくいなら普通でいい」
「いえっ、巫女守様にそんな無礼は」
　少女の態度に思わず溜息を吐く。巫女守は本来いつきひめの護衛だが、巫女に関わらぬ者達にとっては、それ以上に集落の守り人である。そのため、長や集落の権威達はともかくとして、住

人のほとんどは葛野の守護者たる巫女守に敬意をもって接する。分かっているが、ちとせの様付けはどうにも違和感があった。

「甚太にぃ」
「そ、それは……」
「『甚太にぃ』で構わんのだがな」

にやりと口角を吊り上げれば、ちとせの頬が真っ赤に染まる。今でこそ様付けで呼んでいるが、以前のちとせは甚太のことを「甚太にぃ」と呼んでいた。彼女は、いつも周囲に引け目を感じていた鈴音の初めての友達だった。その縁で甚太とも知り合い、幼い頃はそれなりに親しくしていた。鈴音は初めて出来た友達に大層喜び、一時期は甚太達といるよりもちとせと遊ぶことを優先していた時期もあった。二人で辺りを走り回っていた、その姿を今でも覚えている。少しだけ寂しさを感じながらも、甚太はそんな妹を微笑ましく思っていた。

「こうやって話すのも久しぶりだ」
「……はい」
「元気でやっていたか」
「はい。それだけが取り柄、ですから」

けれど、いつの頃からか二人は一緒に遊ばなくなってしまった。何故だったろう。思索を巡らせてすぐに思い至り、眉をひそめる。

――鈴音ちゃんは小っちゃいね。

ああ、そうだった。変わらずに幼子であり続ける鈴音。見せつけられた、鬼の血を引いているという事実。

段々と成長するちとせ。

思い出した。

初めて出来た友達を失いたくなかった鈴音は、自分から離れてしまったのだ。

「嫌われたということか」

機嫌が悪いと思われないよう冗談めかしてそう言えば、慌てたちとせが食って掛かる。

「そんなわけなっ……ありま、せん。でも……」

勢いは最初だけ、すぐ尻すぼみになり口ごもってしまう。やはり、以前のように話すことは難しいらしい。

ちとせと鈴音が疎遠になり、自然と甚太とも話す機会はなくなった。それから長い年月が過ぎた今、ちとせにとって甚太は「甚太にい」である以上に「巫女守様」なのだ。彼女の畏まった態度に、今更ながら白夜の気持ちが分かる。

「成程、それまでの自分ではないというのは、中々に窮屈なものだ」

「え?」

「いや、独り言だ。案内はここまででいい」

左手を愛刀に添え、親指で鍔に触れる。静かに息を吐き、周囲に意識を飛ばす。

森の中に音はない。

虫の音どころか葉擦(はず)れさえ聞こえぬ、全くの無音となっていた。
「大丈夫……ですか?」
「ああ。お前は暗くなる前に帰れ」
「分かりました。それでは、失礼します」
甚太の雰囲気が変わったのを察したのか、ちとせが素直に集落の方へと向かう。が、二歩三歩踏み出したところで足を止めた。
「どうした」
声をかけると彼女は振り返り、遠慮がちに、おずおずと口を開いた。
「……あの、鈴音ちゃん、元気?」
懐かしい景色が目の前にある。それは、まだ幼かった〝ちとせ〟からの問いだった。だから、返すのは〝甚太〟でないといけない。
「……元気だよ。相変わらず寝坊助だけど」
その態度が意外だったのか、ちとせは驚きに目を見開き、歳よりもさらに幼く見える満面の笑みを浮かべた。
「ありがとうございますっ、それじゃ今度こそ失礼、しますね!」
「気を付けてな」
「はいっ、甚太に……様もお気を付けて!」
元気よく手を振りながら走り去っていく姿に口元が緩んだ。ちとせの後ろ姿が、遠い昔、「甚

「太にぃ」と自分を慕ってくれた頃の彼女を思い起こさせる。だから嬉しく……その傍らに、誰もいないことがほんの少しだけ悲しかった。

甚太と白雪、そして鈴音の三人は、いつも一緒にいた。改めて振り返ってみれば、鈴音が甚太達の傍を離れようとしなくなったのは、ちとせと疎遠になってからだ。

あの幼い妹は、初めての友達と離れ、いったい何を思ったのだろう。

寂しさ。孤独感。

言葉にすれば簡単だが、鈴音が抱えているそれは想像以上に根が深いのかもしれない。

「情けないな、私は」

遠い雨の夜から歳月を経て、少しくらいは強くなって。だというのに、何一つ救えぬ己の無様さに辟易する。

随分と昔、元治は「変わらないものなんてない」と言っていた。しかし、今ここにいるのはあの頃から少しも変わらない自分だ。いつだって、守りたいものをこそ守れない。

沈み込む思考。だが、今は感傷に浸っている場合ではない。

頭を振り余計な考えを追い出す。

ふと見上げれば、生い茂る初夏の若々しい葉が空を隠している。僅かに差している木漏れ日がやけに眩しく映り、濃い樹木の香りに胸が詰まる。

音は相変わらずなかった。

虫の声も、葉擦れさえ聞こえない、静かの森。

場所は変わっていないのに、まるで異界へ迷い込んでしまったような錯覚。違和感に親指は自然と鯉口を切っていた。

突如、空気が唸る。

静寂の森に音が戻ったかと思えば、七尺を超える巨躯が姿を現し、上から下へ叩き付けるように拳を振り下ろしていた。

だが、大した動揺はない。甚太は無表情のまま後ろへ大きく飛ぶ。

どごん、と鈍い音に地が揺れた。ただの一撃が、地震に近い振動を起こす。見れば先程まで立っていた場所は、見事に陥没していた。

土煙が上がる中、襲撃者は膝を突き、まじまじと地面を眺めている。

『不意を打ったつもりだったのだがな』

土煙が晴れると、拳をゆっくりと引き、おもむろに立ち上がる。

赤黒い皮膚。ざんばら髪に二本の角。筋骨隆々とした体躯は、四肢を持ちながらも人では辿り着けぬ、異形と呼ぶに相応しい規格外の代物。そして、瞳は、赤い。

そこには屈強な鬼が悠然と佇んでいた。

「昼間からご苦労なことだ」

鬼のあまりにも分かり易い容貌に、こんな状況でも微かに笑みがこぼれた。

しかしそれも一瞬、直ぐに鋭く睨め付ける。

『成程、あやかしが動くのは夜だと相場が決まっている。が、別に夜しか動けん訳ではない。有

74

象無象どもならばともかく、高位の鬼は昼夜を問わず動く者がほとんどだ』
『つまり、自分は高位の存在だと？　鬼にも特権意識があるとは驚きだ』
鼻で嗤う。視線は逸らさぬ。敵の一挙手一投足に注意を払う。
向こうも戦い慣れているのだろう。無造作に見えて甚太を警戒し、間合いを一定に保っていた。
『鬼探しにおなごを連れてくる貴様よりはまともだろう』
小さく舌を打つ。どうやら随分前から見られていたようだ。
「見ていたならば、その時に襲えばいいものを」
ちとせと共にいる瞬間を狙われていれば、ああも上手く避けられはしなかった。素朴な疑問に対して、鬼は不快そうに顔を顰めた。
何故鬼はわざわざ好機をふいにしたのか。素朴な疑問に対して、鬼は不快そうに顔を顰めた。
『趣味ではない』
こちらの様子を覗き見ていたのは、何か腹があってではないらしい。馬鹿にするな、とでも言いたげに歪む表情。鬼の反応は実に理性的で、真っ当な怒りを感じさせるものだった。
不意打ちはしても女を狙うような真似はしない、ということか。
鬼は千年近い寿命を持ち、生まれながらにして人よりも強い。脆弱な人の放つ侮りが、この鬼の矜持に傷をつけたのかもしれない。
「さて、鬼よ。ここから先は我らが領地だ。立ち去れ」
言葉を交わしながらも構えは解かず、僅かに腰を落とす。呼応して鬼が拳を握りしめる。
『聞くと思うのか？』

「いいや」
　鬼が甚太の背後、その先の景色を見遣る。
　やはり、鬼は葛野へと向かっていたらしい。巫女守は集落に仇なす怪異を討つ。ならば取るべき態度も一つである。
「聞かなくても別に構わん。今この場で斬り伏せれば同じことだ」
　一歩を進み抜刀。脇構え。右足を引き、剣先を後ろに回す。
　元から話し合いで済むとは思っていない。鬼は何かしらの目的をもって葛野へ侵入しようとした。ならば口で言ったところで止まる訳がないし、こちらはそれを見逃せない。衝突は自明の理だった。
『そちらの方が俺の好みだ』
　木々の生い茂る森の中。とはいえ幸いにもこの辺りは多少開けている為、動きが制限されることもない。
　眼光鋭く見据えれば、対峙する鬼も既に構えている。
　お互い軽口はここまで。
　合図もなく甚太は左足で地を蹴り距離を詰める。流れるように上段へ。勢いを殺さぬままに跳躍、峰が背中に付くほどに振り上げ、全力を持って脳天に叩き落とす。
　対人の術理としては下の下。飛び上がっての大振りなど殺してくれと言わんばかりだ。しかし、固い表皮を持つ鬼は生半な刀では傷一つ付かず、小手先の剣術では打倒できない。鬼を討つには、

一太刀一太刀が必殺でなければ意味がない。それ故の一刀だった。敵が静かに息を吐いた。腕を交差し、真っ向から受けて立つつもりらしい。舐めるな。己が振るうは葛野の業をもって練り上げた太刀。生半な武器では通さぬ鬼の皮膚さえ裂くぞ。

揺らぎない絶対の自信に気付いたのか、鬼が防御の体勢を途中で解き後ろに下がる。遅い。切っ先、僅かに一寸ながら太刀は鬼を捉え、胸板に傷を負わせた。刀傷から流れる血は赤い。鬼の血も赤いとは何の冗談だろうか。

『……なかなかにやる』

大した痛みは感じていないらしい。斬られておきながら、愉快だとでも言わんばかりだ。

その余裕が気に食わない。

さらに詰め寄るが、阻むように繰り出される拳。体の動かし方など知らぬ児戯、迫り来る甚太に向けて、ただ突き出しただけのものだ。だとしても侮(あなど)ることは出来ない。相手は鬼、ただ振るわれただけの拳だが、そもそも人とは膂力(りょりょく)が違う。術理など一切を無視した、力任せの拳さえ致死の一撃となる。

踏み込んだ右足を軸にして上体を揺らし、突き出された鬼の右腕を掻(か)い潜(くぐ)る。避けた先は、伸び切って動かなくなった腕の外側。刀を返しもう一度横薙(な)ぎ、ただし今度は逆からの剣閃(けんせん)だ。畳んだ腕では力が乗り切らない。不足は腰の回転で補う。伸び切った腕の下を平行に白刃は流れ、狙うは右腕の付け根。この一撃で腕の自由を奪う。

『させないわよ』
 突如、女の姿が目の端に映る。
 甚太は体を無理に引っこ抜き左方へと流した。当然、白刃は鬼の体から離れ、狙った場所を斬り裂くことは叶わない。すぐさま体勢を立て直し、大きく後ろに下がり距離を取った。勿論、こんな行動を取ったことには理由がある。
『危なかったわね』
 いつの間に現れたのか。三叉の槍を構えた着物姿の女が現れ、突進する甚太の顔を目掛けて刺突を繰り出していたのだ。避けるためには、軌道を無理矢理変更するしかなかった。
「二匹目、か」
 女の肌は青白く、その瞳はやはり赤い。
 軽い舌打ち。初めに「二つの影を見た」と聞いていた。けれど現れた鬼は一匹。ならば、もう片方がどこかに潜んでいると想定してしかるべきだった。だというのに周囲への警戒を怠り、折角の好機をふいにしたのは己の未熟。自身の迂闊さに腹が立つ。
 結局、今の攻防で手傷を負わせることは叶わず鬼達は悠々と立ち並んでいた。
『助かった……ということにしておこう。しかしあの動き。あれは本当に人か？』
 どうやら鬼達はそれなりに親しい仲らしい。傍目には友人か何かのように見える。
『さあ？ でも、あの男の子は……確か、鈴音ちゃんだっけ？ あたし達の同朋と長く一緒にい

たみたいだし、案外あやかしに近付いているのかもね』

耳障りな声に血が逆流した。鬼どもの不愉快な会話を遮り、甚太は乱暴に吐き捨てる。

「そうか。ならば死んでおけ」

何故、鈴音を知っている、などとは疑問にさえ思わなかった。言い切るよりも早く踏み込み、濃密な殺意を持って繰り出す剣撃。

だが、鬼女の首を狙ったその一刀は、あまりにも無様な大振りだった。

『ふん』

当然その剣は、間に割り込んだもう一方の鬼によっていとも容易く防がれる。羽虫でも払う様に腕が振るわれる。それだけで刀は軌道を変えた。

甚太は奥歯を強く噛んだ。

あの鬼女を斬り殺せなかった。苛立ちが募り、そこで冷静さを失っている自分に気付き、もう一度間合いを離す。激情に飲み込まれぬよう深く呼吸をしても、落ち着きはまだ戻らない。視線は知らず、憎々しい鬼女を捉えていた。

「鈴音が、貴様らの同朋だと？ 取り消せ。あの娘は私の妹だ」

『おこわ。私達より鬼らしいんじゃない？ でも、妹想いってところは評価できるわ』

平然と殺気を受け流す鬼女。

巨躯の鬼も、甚太の怒りなどどうでもいいとばかりに振る舞う。

『首尾は？』

『上々よ、ちゃんとこの目で確認できたからね。間違いない、あの顔は私が見たまんま。でもよかったわ、本当にいて。自分の力だけど、さすがに荒唐無稽過ぎて信じられなかったのよね』

『お前の〈遠見〉が間違っているなどという心配はしておらん。この地にいるのが見えたなら、間違いなかろう。俺が心配しているのは、遊んで目的を忘れて帰ってきたのではないか、ということだ』

『……何、そのお父さん発言。チョーキモいんですけど』

 敵を前にして、無防備に二匹の鬼は雑談を交わす。

 いや、無防備は鬼女の方だけ。巨躯の鬼はこちらの動向を警戒し、視線と細かな立ち位置の調整で甚太を牽制していた。

『ちょうきもい……？ なんだそれは』

『この前〈遠見〉で見た景色の中にいた鬼の言葉よ。浅黒い肌で白く眼の周りを縁取りした、えらく派手な服装をした山姥っていう鬼女のね。すごく気持ち悪いって意味らしいわ』

『ほう、その鬼は独特の言葉を持つのか。興味深いな』

『ええ、そいつも昼間でも動ける鬼みたいだし、案外高位で知能も発達しているのかもしれないわね』

 鬼どもは甚太の存在を無視して盛り上がっていた。甚太はその様を眺めるしか出来なかったが、少し間が取れたのは幸いだった。

 落ち着け、激昂するままに斬り掛かって勝てる相手ではない。

呼吸を整え、一歩前に出る。
「くだらない話はそこまでにしてもらおうか。貴様ら、目的は何だ。何の為に葛野へ向かう」
刀を突き付けて問う。
もっとも答えが返ってくるとは思っていない。どちらかと言えば、この行動も普段の自分を取り戻すための時間稼ぎだ。
しかし、意外にも鬼は素直に答えた。
『目的……言うなれば未来、だな。我ら鬼の未来。その為だ』
表情はいたって真剣。嘘を言っているようには見えず、だからこそ甚太は少なからず動揺する。
さらに問い詰めようとするが、いかにも退屈そうに鬼女が欠伸をした。
『取りあえずの目的は達成したんだし、そろそろ帰らない？』
ぐっと伸びをして、三又の槍を肩に担ぐ。鬼女は返答も待たず甚太へと背を向けた。巨躯の鬼もそれに同意し頷いて見せる。
『そうだな。人よ、詳しいことが知りたいならば追って来い。今は森の奥の洞穴を根城にしている』
「そして罠を張って待ち構える、か？」
『さて。しかし一つ言っておこう。鬼は嘘を吐かん。人と違ってな』
にたりと勝ち誇るような顔を見せると、鬼はその場を後にする。
それを止めることはしないし、できない。さすがに、二匹を同時に相手取るのは無謀だ。去る

というのならそちらの方がいい。

奴らは何かの目的をもって葛野に侵入しようとしていた。おそらく長が言ったように、白夜か宝刀夜来のどちらか。ならば、もう一度相まみえることになる。そしてその時は、巫女守として身命を賭した戦いに挑まなければならないだろう。

恐怖を感じはしない。元より自身が選んだ道。違えるつもりなど端からなかった。

「ままならぬものだ」

それでも、自ら選んだ道の険しさを前に、甚太は小さく溜息を吐いた。

3

甚太がまだ幼い頃、元治は鬼との戦いで命を落とした。

家を捨て、父親との縁を切った甚太にとって、元治は剣の師であり義父でもあった。

多分、憧れていたのだと思う。だからこそ余計に最期の瞬間が、強大な鬼に全霊をもって挑む元治の背中が、強く脳裏に焼き付いている。

――甚太。お前は、憎しみを大切にできる男になれ。

それが義父の遺言だった。

巫女守となり、研鑽を積んで、少しは強くなったつもりでいるけれど。

あの言葉の意味は、今も分からないままだ。

「二匹の鬼ですか」

「は。鬼女の方は既に葛野へと入り込んだような口ぶりでした。偵察か、他に目的があったのかは分かりませんが」

夕刻、いらずの森より戻った甚太は、その足で社（やしろ）を訪れた。

既に日は落ちようとしていたが、報告を受けて集落の権威が集まり、頭を抱えている。

いずれ、鬼がここに攻め入ってくるのか。

浮足立つ男達が口々に不安をこぼす。その中で長だけが冷静だった。
「やはり目的は姫様か、あるいは夜来か」
ふむ、と一度頷き顎を左手で軽くいじる。長はしばし考え込み、次いで御簾の向こうに視線を送った。
「もし、狙いが姫様だというのなら……今朝の件、考えていただけますね？」
「……ええ、分かっています」
白夜は明らかに沈んだ声だった。
今朝の話し合いには、甚太は呼ばれなかった。いかなる内容か把握してはいないが、その反応を見れば彼女にとって不都合なものだったことくらいは分かる。
「長、今朝の件とは」
「なに、鬼の襲来が頻繁ならば備えも必要だろう、という話だ」
「備え、ですか」
うまく躱されてしまった。弁舌の未熟な甚太では、老獪な集落の長を突き崩すことなどできはずもない。どのように聞いても望む答えは返ってこないだろう。
「今は、それよりも二匹の鬼への対策を考えるべきだな」
その証拠に、長はあからさまに話題を変えようとしている。とはいえ発案自体は納得できるものなので、甚太も静かに頷いて応えた。
巨軀の鬼の力量は脅威だ。一対一でも中々に骨が折れる。負けるつもりはないが、そこに鬼女

が加われば、確実に勝てるとも言い切れなかった。だとしても、手をこまねいている訳にもいかない。
「私が鬼の探索に当たりましょう」
勝ち目が薄くとも、この身が巫女守ならば挑まねばならぬ相手だ。覚悟をもって言い切るも、意見は即座に却下される。
「いや、甚太が葛野一の剣の使い手。鬼の存在が明確になった以上、出来れば集落にいてもらいたい。鬼が洞穴を根城にしているというのなら、まず男衆を募って調べさせるべきだ」
「おお、それはそうだ。お前がいない時に襲われたら一溜まりもないからな。もしも以前のようなことがあったら……」
集落の男達は鬼の襲撃を恐れ、どうにか甚太を留めようとする。そこまで過敏に反応するのは、おそらく先代のいつきひめ、夜風の末路が脳裏を過ったからだろう。
もう何年前になるか、まだ甚太が幼かった頃の話だ。ある日、突如として一匹の鬼が葛野に現れた。人の身の丈を遥かに上回る巨躯。皮膚がなく、筋肉や臓器が剥き出しになった、見るも醜悪な異形だった。あのような化け物が一体どこに潜んでいたのか。そいつは何の前触れもなく出現したかと思えば社の本殿を襲撃し、そのまま夜風を殺害し、死骸までも喰らったのだ。
鬼はあまりにも強大。その力は尋常ではなく、集落一の剣の使い手である元治でさえ及ばなかった。

——惚れた女さえ守れない……ったく、情けねぇなぁ、俺は。

守り人でありながら、いつきひめを守れず。夫でありながら、妻を救えず。けれどせめて集落を守ろうと、元治は全霊をもって鬼に挑んだ。比喩ではなく、全霊。鬼を討ち倒せるならば、死すらいとわぬと、一太刀に全てを込めた。

結果、元治の命と引き換えに鬼は討伐され、どうにか葛野の平穏は保たれたのだ。

「申し訳ありません。私が軽率でした」

あの時は元治が集落にいた為、最悪の事態は回避できた。それを考えれば、巫女守が軽々しく動くのは確かに得策ではない。

「ああ、うむ……」

「そう気にするな。あの件に関しては、甚太が一番、な」

甚太が謝罪すると、男達は困惑した様子で互いに顔を見合わせた。

彼等も知っているからだ。元治は鬼と相打ちになり命を落とした。その最後の戦いを、途中でとはいえ甚太は見ていた。

——後は任せた。白雪を頼む、んで鈴音と仲良くな。

幼い自分を背にかばい、鬼へ挑む義父の姿を今でも覚えている。おそらく、元治が無謀な戦いを止めなかったのは、甚太を守る為でもあったのだろう。

「すまんな、嫌なことを思い出させて」

古傷を抉るような真似をして申し訳ないと、男衆が頭を下げる。それが甚太には少しくすぐったい。彼らが、ちゃんと自分を元治の息子として扱ってくれることが嬉しかった。

「いえ、お気遣い感謝いたします。しかし今は……」
「おお、そうだ。まずは対策を練らねばな」
昔話はここまでと、改めて現状に目を向ける。
しかし有用な策もなく、男達はああでもないこうでもないと言い争っている。議論は長く続いたが、決定打となるような意見は出てこない。
「姫様はどうお考えで？」
長の発言に、視線が一斉に御簾へと向かう。ざわめいていた社殿はいつの間にか静まり返り、誰もが巫女の指示を待っていた。
緊迫した空気だが、白夜は動揺を見せない。
ここでいつきひめが揺らいでは皆が不安になる。だからこそ彼女は堂々と、いっそ尊大とも思えるほどにはっきりと命じた。
「甚太は一日の休息を。いらずの森の探索は、集落の男を集めましょう。相手は巫女守と相まみえ、なおも生き延びたほどの鬼。探索は社の衛兵も使い、決して無理はせぬように」
「それがよろしいかもしれませぬな」
長が納得し深々と頷けば、男達も揃って賛同する。
それが甚太には内心喜ばしく、込み上げてくる笑みを必死に押し殺す。白夜が、いつきひめとして皆をまとめあげて見せた。葛野の為に巫女となった彼女の毅然とした態度が、我が事のように誇らしかった。

「日も落ちました。今日のところは皆下がりなさい。ああ、甚太。貴方には聞きたいことがあります。しばし時間を」
「御意」
白夜が場を取りまとめ、滞りなく会合は終わった。
残された甚太はいつも通り周りの気配を探り、誰もいなくなったのを確認して立ち上がった。
ではこちらに――促されるままに御簾(みす)を潜れば、先程の態度からは想像もできないほど物柔らかに迎えられる。
「ん、今日もご苦労様」
既に彼女は白夜ではなく、白雪になっていた。
相変わらずの変わり身に驚かされる。甚太は思わず感嘆の息を吐いた。
「何というか、見事だな」
「なにが？」
「そういうところがだ」
小首を傾げながら聞き返してくる。どうやらよく分かっていないらしい。
葛野の繁栄の為に、いつきひめとなった白雪。幼い頃を共に過ごした白雪。どちらも彼女の真実なのだとは重々理解しているが、この切り替えの早さは一種の才能だろう。
「よく分からないけど……とりあえず座って。疲れたでしょ？」
言われた通りに腰を下ろすが、神前であぐらをかくのは気が引けて自然と正座になる。そうい

う融通の利かなさが面白かったようで、白夜はくすりと小さく笑う。
「もう少し寛げばいいのに」
「性分だ。勘弁してくれ」
仕方がない人だとでも言いたげに白夜は肩を竦める。しかし一瞬の間を置くと、今度は心配そうに問うた。
「ね、大丈夫そう?」
鬼のことを指しているのだろう。甚太の身を案じ、彼女の目は過る不安に潤んでいる。
「厄介ではあった。だが、手に負えないということもないさ」
負けるつもりはないが、二匹の鬼を相手取って確実に勝てると言えるほど自惚れてもいない。次に相まみえた時、どう転がるかは正直なところ分からなかった。
けれど気負いなく答える。
見栄は多分に含まれていただろう。それでも、あまり情けない姿は見せたくない。強がりの甲斐はあったようだ。少しは安心できたようで、ほうと白夜が安堵の息を吐く。
「そっか、なんか結構余裕あるね」
「相応の研鑽は積んできたつもりだ」
「……うん、知ってるよ。ずっと見てきたんだから」
思い起こされる懐かしい記憶。彼女の父、元治に毎日のように稽古をつけてもらっていた幼い頃。白雪はいつも応援してくれた。それは今なお忘れ得ぬ幸福の日々、甚太の始まりの景色だっ

ふと蘇る遠い昔に胸が温かくなる。彼女も同じだったようで、互いに顔を見合わせては、何とも言えない照れ笑いを浮かべた。
　そんな折、ちらりと畳の上を見ればいく冊かの本が無造作に置かれていることに気付く。
　あれはなんだろうか。
「あ、それ？　清正の本」
　清、正？
　一瞬息が止まる。温かかったはずの心が一気に凍りついた。
　何故、あの男の持ち物がこんなところに。
「ほら、私は外に出れないでしょ。だから、暇潰しに読本を持ってきてくれるの」
「そう、か」
　何気なく語る様に、ひどく動揺している自分がいた。
　普段から社を出られない暮らしが退屈なのは、考えればすぐに分かることだ。対して、清正は彼女の心を理解し配慮していた。だが甚太は、そんなところにまで気が回らなかった。
　に言い様のない焦燥を感じる。
「清正は自分でも本を書いてるんだって。それも読みたいって言ったら恥ずかしがっちゃって、顔なんか真っ赤で……」
　甚太の知らないやりとりを語りながら、白い歯を覗かせる。はずむ明るさは、きっと今まで自

——お前にはそれしかできねぇからな？

　以前の嘲りが脳裏を過り、ちりちりと頭の奥が焦げる。

　ああ、もしかしたら。あの男がぶつけたそれは真実で。

　本当の意味で白雪を守ってきたのは——

「甚太？」

　意識が現実に引き戻される。奇妙な妄想に取りつかれ霧が立ち込めた頭の中を、不思議そうにしている白夜が晴らしてくれた。

「あ、ああ。なんだ？」

「ん、どうかしたのかなぁと思って。考え込んでるみたいだったから」

「何でもない。気にするな」

　そう、何でもない。わざわざ彼女の耳に入れるようなものではない。白夜に安寧が与えられるのならば、誰の手からであっても喜ぶべきなのだ。

　守ると誓った。白夜に安寧が与えられるのならば、誰の手からであっても喜ぶべきなのだ。心を落ち着け、自身に言い聞かせ、必死に平静を装う。

「……ね、明日どこかに遊びにいこっか？」

　今までの流れを無視して、白夜が唐突に話題を変えた。悪びれない様子は、細面の娘でありながら、どこか悪戯小僧を思わせる。

「待て、そんなこと」

「久しぶりにいらずの森とか、戻川に魚釣りとか。あ、甘いものも食べたい。ちとせちゃんとこって、確か茶屋だったよね？　お団子食べながらゆっくりするのもいいなぁ」

指折り数えながら「あそこへも……」とゆっくり語り始める。

「そうだ、集落も見て回ろう。私がここで暮らし始めてからもう何年も経つし、たまには自分の住む村を見てみたいから」

社から出るなど許されないと、本人が一番理解しているだろうに。

「待てと言っている」

少し強めに彼女の夢みたいな話を止める。

白夜は楽しそうな、違う、楽しそうに見えるよう作った表情を張り付けていた。

「……お前こそ、どうかしたのか」

その問いに、一瞬だけ白夜の体が強張り、細い肩が震えた。

「なんで？」

しかしすぐにいつもの彼女に戻り、不思議そうに小首を傾げる。幼げな仕草。可愛らしくはあるのだが、今は騙されてやることは出来ない。

「白雪」

「何でもない。気にするな」

改めて問い詰めようとして、茶化したような物言いで遮られる。

先程甚太は本心を隠したが、白夜はそれを慮り聞かなかった。だから、同じように聞いてく

「お前は昔から好奇心が強く、女だてらに男よりも行動的で慎みとは無縁だった」
「……なんで、いきなり罵倒されてるの私？」
「だが、周りに気を遣い、辛い時にこそ笑っていた。言いたくないことがある時、お前はいつもはしゃいでいたな」
「う……」

図星だったらしく、ばつの悪そうな顔で言い淀む。
白夜がはしゃいでいるのは、何か言いたくないことがあるから。言わなければならない大切な何かなのだろう。先延ばしにすれば、長い時間を共に過ごしたから理解できる。それは甚太だからこそ聞かない訳にはいかない。

「甚太は、ずるいよね」
先程の遣り取りを指しているのだろう。自分の嫉妬は隠しておいて、彼女の本心を聞き出そうとする。成程、確かにそれはずるいのかもしれない。

「それを言われると弱いな」
肩を竦め、けれど視線は逸らさない。真剣さは心から慮ればこそ。それを分かっているから、たじろいだ彼女はしばしの逡巡の後、降参して溜息を吐いた。

「はぁ……隠し事出来ないな」
「すまん」

「うぅん、ありがとう、だよ。だって、ちゃんと言わないといけないから。先延ばしにしようとした私が間違ってた」

そう言った彼女には、どこか涼やかな趣がある。吹っ切ったのか、諦めたのか。いやに透明で感情の乗り切らない微笑みだ。

「……あの、ね。伝えたいことがあるんだ。とっても大切なこと。だから、明日一日、私に付き合ってくれないかな?」

絞り出すような、小さな願い。

断ることなんて考えられず、ゆっくりと首を縦に振る。

はにかんだ彼女は、まるで暗夜に灯火を得たような、なのに鮮やかな喜びは、瞬きのうちに消え失せる。

背けた視線。白夜は一抹の寂寞を横顔に滲ませて、そっと目を伏せた。

4

白雪の母、夜風は彼女が九つになった時に亡くなった。当時の巫女守であった父、元治はいつきひめを喰らったという鬼を命懸けで封じた。文字通り、命懸けで。
こうして、白雪は一人になった。

慎ましやかに終わった元治たちの葬儀の日の夜半、白雪と甚太は集落から離れ戻川を一望できる小高い丘に訪れた。
川は星を映して流れ往く。
たゆたうように水辺を舞う光は、蛍か、それとも鬼火か。
見上げた空。月明かり。
二人並んで眺めれば、ほんの少しだけくすぐったかった。
「甚太、私ね。いつきひめになるんだ」
何気なく、何の気負いもなく、少女は告げる。
そもそも、いつきひめは代々白雪の家系が担う役。彼女が火女(ひめ)となるのは当然の流れだ。
だが、甚太には分からない。

なんで、彼女はそんなことを。巫女であったが故に鬼に喰われた母、その仇を取るために命を落とした父。悲しい結末を知りながら、いつきひめになると。どうして平然と口に出来るのか。

そう問いたかった。

けれど少女に静かな決意を感じ取り、何も言えなくなった。

「おかあさんの守った葛野が好きだから。私が礎になれるなら、それでいいって思えたんだ」

幼さの消えた横顔。その瞳は何を映しているのだろう。

きっと流れる水ではなく、もっと美しい景色を見ている。そんな気がした。

「でも、もう会えなくなるね」

白雪は知っている。いつきひめになれば、甚太や鈴音においそれと会えなくなる。けれど、それでいいのだと。白雪は生まれ育ったこの地、葛野と、そんな集落を支えた母のことを愛しているのだ。

だから、その選択は当然だった。

その為に、自分が色々なものを諦めるくらい、彼女には何でもないことだったのだろう。

「なら俺が会いに行くよ」

自然と、そう口にしていた。

甚太は幼馴染の少女を初めて美しいと感じた。

出来れば、彼女には自身の幸福のために生きてほしいと思う。先代の顛末を知ればなおのことだ。しかし白雪は母の末路を知りながら、それでも同じ道を歩むと、他が為にあろうと、幼さに

見合わぬ誓いを掲げた。

美しい、と。

そのあり方を美しいと感じ、だからこそ守りたかった。

「今はまだ弱いけど。俺、強くなる」

子供の発想、けれど真剣に。

強くなれば、どんなことからも彼女を守れると思った。

「強くなって、どんな鬼でも倒せるようになる。そうしたら巫女守になって会いに行くよ」

紡ぐ言葉は祈りのように。彼女の強さに見合うだけの男でありたいと、心から願う。

強くなりたいと。

「その時には、俺が、お前を守るから」

何かに堪え切れず、白雪は涙をこぼした。濡れた瞳には先程までとは違う光が宿っている。流れる涙を拭うこともせず、ただ彼女は柔らかに笑った。

「ね、甚太。おかあさんは、いつきひめになってからおとうさんに会って、それで結婚したんだって」

その笑顔に甚太は思う。

大丈夫だ。二人なら、遥かな道もきっと越えていける。

「私はいつきひめになったら、甚太を巫女守に選ぶから——」

風が吹いて、木々が微かにざわめく。

「甚太は、いつか私のことをお嫁さんに選んでね！」
遠い夜空に言葉は溶けて、青白い月が薄らと揺れる。森を抜ける薫風は、するりと指からこぼれ落ちるように頼りなくて、ほんの少しだけ切なくもなった。
だから二人はどちらからともなく手を繋ぎ、静かに空を眺めた。
言葉と一緒に心まで溶けていきそうな、そんな夜だった。

「甚太、もう朝だよ。起きて」
まどろむ意識がゆっくりと引き上げられる。
揺さぶられる心地よさがより眠気を誘う、緩やかな朝のひととき。
「鈴、音……？」
いつまでも寝ていたいと思う。しかし、そういう訳にもいかない。
気怠さを噛み潰し、重い瞼をゆっくり開け、起こしてくれた妹に礼の一つも言おうとしたが、何やらおかしい。
「おはよ」
艶やかな長い黒髪に、雪の如く白い肌。緩やかに下がった目尻。その甘やかさに呆け、段々とはっきりしてきた頭が違和感で停止した。
「もう、仕方無いなぁ、甚太は。お姉ちゃんがいないと何にも出来ないんだから。ちゃんと一人

「…………白……雪？」
　そこにいたのは、そこにいないはずの人物。
　で起きられるようにならないと駄目だよ？」
　口にして、そのあり得なさに思わず唖然となった。いやまて、おかしい。なんでこんなところにいる。
　寝ぼけていた意識は一気に覚醒し、だが目は覚めても状況が理解できない。何故か分からないが、社から出て来られないはずの白夜が自分を揺り起こしている。しかも着ているのは、いつもの巫女装束ではなく薄桃色の着物。長い黒髪も後ろでまとめている。
　なぜ彼女はそんな恰好をしているのか。
「そんな恰好、って酷いなぁ。可愛いでしょ？」
　口にしなかったこちらの内心を正確に読み取って、白夜は小さく笑う。普段と違う衣装に浮かれているのか、くるりと一回転してみせる。確かに可愛らしくはあるのかもしれない。が、そんな場合ではないと気付き甚太は白夜に詰め寄る。
「お前は、なんで、ここに？」
　甚太の胸中は乱れに乱れていた。動揺しながらもどうにか言葉を絞り出すが、当の本人は平然としたものである。
「なんで、って。昨日言ったでしょ。だから約束通り抜け出してきたの」

抜け出してきた？
なんということを。いつきひめというのは姿を衆目に晒(さら)さない。それは単なる掟ではなく、巫女の神聖さを保つために必要だからだ。いうのに、彼女は何を普通に出歩いているのか。
「大丈夫、今の私の顔を知ってるのって、ええっと、社の人と長、甚太に清正、後はすずちゃんくらいだから。外を出歩いても、私だと気付かれないと思うよ」
こちらの内心を正確に読み取り、安心させるように柔らかく窘(たしな)める。
何が大丈夫なのか全く伝わってこない。慌てる甚太をよそに、白雪はのん気に微笑んでいた。
「しかし、鬼がお前を狙っているというのに」
「それなら甚太の傍が一番安全でしょ？」
「私は鬼を探し出し、討たねばならん」
「昨日言った通り、鬼の居場所が分かるまで出番はないよ。少なくとも今日は待機になるかな」
「だが、長にばれたら」
「大丈夫、今日のことに関しては長も了承済み」
それ以上は続けられなかった。
何という根回しのよさ。最初から逃がす気はないらしい。
「他には何がある？」
完全に勝利を確信しきった、得意げな顔だ。実際、反論はほぼ封じられている。
「……お前の強引さには敵わん」

苦々しく眉間に皺を寄せる。吐き出せたのは負け惜しみくらいだった。

「せっかくひめさまが来たんだから、もっとおいしいものを出せばいいのに」

起きてきた鈴音を含め三人で朝食を食べる。いつも通りの麦飯と漬物が不服なのか、鈴音は口をとがらせていた。

「そう言うな」
「にいちゃん、甲斐性なし?」
「殴るぞ」

実際、甚太は料理などほとんどできず、麦飯も近所で一緒に炊いてもらっている始末。甲斐性なしと言えばそうなのだろうが、あまりにも直接的な鈴音の物言いに、応対は憮然としたものになってしまう。そんな兄妹のやりとりを見ていた白夜が、半目でぽそりと呟いた。

「できないくせに」
「何か言ったか」
「だって甚太は甘いし、すずちゃんを殴るなんて絶対無理でしょ?」

そこで「なんでもない」と誤魔化さない辺りが白雪だった。どうやら彼女には、妹を叱ることもできない甘い兄だと思われているらしい。それは思い違いだと、甚太はむっつりとしたまま答える。

「百歩譲って、私がこいつに甘いのは認めよう。だが、兄として叱るべき時には叱るし、必要な

「らば手も上げる」
「ふぅん」
気の乗らない返事、完全に信じていなかった。白夜はどうでもいいとでも言いたげにぽりぽりと漬物を齧っている。
「でも、絶対無理だよね……」
「あ、やっぱりすずちゃんも、そう思う?」
「うん、だってにいちゃんだもん」
「お前ら本気で殴るぞ」
 身を寄せあってちらちらと甚太を見ながら、ちゃんとこちらに聞こえる声の大きさで二人して内緒話をしている。
 懐かしい、というべきか。子供の頃にも似たような構図は何度もあった。勿論冗談だと分かっているので、腹を立てるようなことはない。とはいえ、いつまでも子供のままではない。毅然とした態度で甚太が食事を続けていると、鈴音が提案してきた。
「じゃあ、試しに殴ってみて? こつん、でいいから」
 思わず呆気にとられて視線を向ければ、妹が小さな頭を甚太の前に差し出す。白雪もその意見に案外乗り気のようで、なにやら期待を込めた目で観覧していた。
 いかん、本気で舐められている。いい加減こらで、おしおきをしてやらないといけない。そう思い拳を軽く握り締めたところで、鈴音が真っ直ぐに甚太の目を見た。そしてゆるりと、絡ま

った紐が解けるように、柔らかく微笑む。
ぐっ、と息が詰まり、それでおしまい。振り下ろす先を失った拳は解かれて、もう一度膝の上に戻ることになった。
「必要ならば、手も上げる？」
「……まあ、別に悪さをした訳でもないしな」
「うん、そうだね」
白雪は見透かしたように、にまにまと。昔から、彼女には勝てなかった。しかし考えてみれば、鈴音にも勝てたことなどなかった。相も変わらぬ自分の弱さに思わず溜息がこぼれた。

「いってらっしゃーい！」
朝食を終え、白雪に急かされて出かける準備を整える。玄関で見送るのはあまりにも元気な鈴音で、にこにこと笑顔を絶やさない。
「鈴音……何か嬉しそうだな」
いつになく機嫌のいい妹に違和を感じて聞けば、朗らかに答える。
「うんっ！　だって、にいちゃんは、今日一日ひめさまと一緒なんでしょ？　だから、すずも嬉しいの」
「何故それが嬉しい」

「すずはにぃちゃんが大好きだもん。だから、にぃちゃんが幸せだと嬉しいの」

それはつまり、白雪と一緒にいる時の自分は幸せそうにしている、ということだろうか。少しばかり問い詰めたくなったが、鈴音が楽しげだから突っ込むのも野暮と思い聞かなかった。

「そう、か。済まない、留守を頼む」

「うん、たのしんできてねー」

ぶんぶんと大げさに手を振る鈴音に、こちらも軽く手を挙げて応える。

まったく、あそこまで気合いを入れなくてもいいだろうに。

「ほんと、すずちゃんはいい子だねぇ」

それには同意するが、やはりもう少し我がままになってほしいとも思う。まあ、今日のところは鈴音の言う通り、折角の機会を楽しむべきだろう。

甚太と白雪の足取りは軽く、互いにくすりと小さく笑い合って家を後にした。

「たのしんで……きてね」

だから、遠く寂しそうに呟いた鈴音の声を聞き逃した。

「お、甚太様。その娘は?」

のんびりと道を歩いていると、すれ違う二人の男に呼び止められた。

葛野の守り人たる巫女守が、見慣れぬ少女と手を繋いで歩いているのだ。驚き、珍しいものを見たとからかい交じりに話しかけてくる。道中、既に数度同じやりとりをし

104

ている為、いい加減面倒にもなってくるが、そこは顔には出さない。
「古い知り合いです」
「今日は久しぶりに来たので、集落を見せてもらっています」
嘘は言っていない。以前は共に暮らしていたので古い知り合いには間違いないし、白夜が葛野の集落を見るのも久しぶりだ。
「巫女守様、いい人がいたんすねぇ。浮いた話の一つもないから、結構心配してたんですが」
「いやはや。甚太様もそういうお歳になりましたか。小さな頃を知っているだけに、感慨深いですなぁ」
しみじみと頷く男達。狭い集落ゆえ住人のほとんどは親戚のようなもので、こういった話題はなんとなく照れが交じる。しかし、白夜はそうでないのか、甚太の腕を取り、見せつけるように体を寄せた。
「いいひと、だって」
顔が熱くなる。驚いて視線を落とせば、彼女は悪戯っぽく微笑んでいる。
傍から見れば、まさしく恋仲だろう。仲睦まじく寄り添う姿を男達は生暖かく見守っている。
「おい」
「やだ」
離れろ、と言う前に拒否された。
さすがに人前で腕を組むというのは恥ずかしい。寄り添う体から彼女の温度を感じる。残念な

がら胸の膨らみが致命的に足りていない為、触れる感触は申し訳程度というところだが。
「今、絶対失礼なこと考えたよね?」
「微妙につねってくるな」
こちらの内心を察した白雪が脇腹をつねる。
鍛えに鍛えた体を揺らすほどではないが、精神的には痛かった。
「巫女守様も女性には弱いのですなぁ。もう尻に敷かれてるとは。よいかなよいかな、男は尻に敷かれてやるくらいが夫婦円満の秘訣です」
「いや、ちとせが泣くな。姫様も残念がるかもしれませんよ」
他にも二言三言付け加え、散々からかって満足したのか男達は笑いながら去っていく。
鬼を相手取るよりもよほど疲れた。人心地ついて胸を撫で下ろす。取り敢えず白雪の正体には気付かなかったようだ。
「……その姫様が横にいるのだが」
「ね、ばれないでしょ?」
「確かに意外と気付かれないものである。それでいいものなのだろうか、と思わなくもないが。
「まあ、深く考えても仕方ないか」
「そうそう、細かいことは気にしないの」
白雪がさらに強く体を寄せた。鼻腔をくすぐる彼女の香に少しだけ鼓動が速くなる。それを、心地よいと思った。

106

「あ、甚太様！　いらっしゃい……ませ？」

訪れたのは葛野に一軒だけある茶屋。本来、たたら場に茶屋があること自体珍しい。しかし、この店は何代か前の巫女守が「せめてもの娯楽を」と建てさせたものらしい。所以はともあれ、今では集落の数少ない憩いの場となっていた。

「ちとせ、邪魔するぞ」

茶屋の娘、ちとせが目を丸くしてこちらを見ている。前日、鬼の侵入の件の報告で随分久しぶりに会ったかと思えば、翌日、今度は店に訪ねてきたのだ。そもそも甚太は普段、茶屋を利用しない。鈴音とちとせが疎遠になってしまってから、自然と足が遠のいて、今では訪れる機会など滅多になかった。

珍しさに加えて脇に彼女の見知らぬ女性がいるからか、ちとせは困惑しているようだ。

「あの、その方は？」
「知り合いだ。それ以上は聞いてくれるな」
「はぁ……。あ、と。ご注文は？」

納得がいったのか、いかないのか、微妙な反応だ。けれど、いつまでも呆けていても仕方ないと思ったのだろう。思い出したようにちとせが注文を聞くと、勢いよく白夜が手を上げた。

「お団子を……えと、十本！」

「二本でいい。あと、茶を」
「えー」
「また腹を壊すぞ」

　彼女は普段食べられないせいか、機会があると甘味を大食いする癖があった。しかし、元々多く食べる方ではなく、いつも食べ過ぎで苦しみ、繁縷（はこべ）を煎じた胃腸薬の世話になっている。既にその様を何度も見ているのだから、止めるのは当然だろう。

「はい、少し待って……てくださいね。おとーさん！」
「おう、聞こえてた！」

　父親と元気のいいやりとりをしながら、ちとせは店の奥へ引っ込む。
　その後ろ姿を眺めていた白夜がぽつりと呟いた。

「ちとせちゃんも気付かないかぁ」

　投げやりな、僅かに寂しさを含んだぼやき。ちとせは元々鈴音の友人で、幼い頃には白夜と遊ぶ機会もあった。気付いてもらえなかったのが、それなりに堪えたらしい。

「何年も顔を合わせてないんだ。仕方あるまい」
「分かってはいるんだけどね」

　理屈では分かっていても、感情までは納得出来ないといった様子だ。
　二人して店の前の長椅子に腰を下ろす。横目で盗み見たその表情は曇ったままで、まるで置いてけぼりをくらった子供みたいに足をぶらぶらとさせている。

108

「お待たせしましたー」

しばらくすると、小さな盆を片手にちとせが戻ってきた。長椅子の上に置かれたのは、湯呑が二つと、団子とは別に注文していない小皿もある。

「これは?」

「磯辺餅。お好き、でしたよね?」

餅など正月くらいしか食べる機会がない。滅多に食べられないせいもあるだろうが、何が食べたいと言われて最初に思い浮かぶのは餅だ。同じ餅なら磯辺餅がいい。思い出も色々とある。そう言えば随分と昔、彼女にそんな話をしたこともあった。

「覚えていてくれたのか」

意外さに目を見開けば、ちとせはぎこちない照れ笑いを浮かべている。出された磯辺餅は、巫女守ではなく甚太への気遣いだった。驚いた顔が嬉しかったらしく、ちとせは元気よく首を縦に振った。

「はいっ。ちょうどあったんで、折角ですから」

「済まん、ありがたく頂こう」

「ゆっくりして、いってください」

小さくお辞儀をしてまた店の中に戻っていく。餅を出してくれたことよりも、餅が好きだと覚えていてくれたことが嬉しかった。

甚太は少しだけ口元を緩めた。

「甚太だけ特別扱いされてるー」

白夜は団子を食べながら不満そうに頬を膨らませている。自分が忘れられているのに甚太のことはしっかり覚えているというのが、気に食わなかったらしい。

「だから仕方ないだろう」

「でも、複雑……というか、ちとせちゃん、なんか変じゃなかった？　妙に緊張してたみたいだけど」

「あの娘にとって、今の私は『甚太にぃ』ではなく『巫女守様』だということだ」

「あ……そっか」

ちとせの拙（つたな）い敬語には、白夜もやはり違和感を覚えたようだ。それに関しては甚太も同じだが、仕方のないことでもある。

結局は、昔とは立場が違う。何もかも昔のままでなど、どだい無理な話だ。いつきひめ程ではないにしても、巫女守もまた畏敬の対象と成り得る。そしてちとせも、もはや小さな子供ではない。そこに思い至ったらしく、白夜はばつが悪そうに目を伏せた。

「今更ながらに、お前の苦労が分かるよ」

冗談交じりにこぼしながら肩を竦（すく）める。

ただの笑い話だから気にするな、と。

こちらの気遣いの意を汲んだのだろう、白夜も敢えて茶化した物言いで返す。

「でしょ？　いつきひめは大変なのですよ、巫女守様？」

「はは、やめてくれ」

いつきひめ。巫女守。

思えば、お互い自由な「自分」ではいられなくなってしまった。白夜の父、元治の口癖だ。歳月が経ち、あの頃のように無邪気ではいられなくなった今、彼の遺した言葉がことさら重くのしかかる。

「変わらずにはいられないものだな」

白夜は何も返さなかった。彼女が、それを誰よりも知っているからだろう。周りも、自分自身も。

集落で社の次に目立つのは高殿と呼ばれる建物である。高殿はたたら製鉄の要で、建物の中には大型の炉が設置されている。これに砂鉄とたたら炭を入れ、数日昼夜問わず鞴を踏み続けることで鉄は造られる。当然、高殿の中は尋常ではない程に室温が高まり、近付くだけでもその熱気が感じられた。

「入るか？」

「ううん、やめとく。邪魔したくないし。いこっか？」

遠くから高殿を眺めていた白夜が反対方向に歩き始める。その表情はどこか嬉しそうだ。背後からは男達の声が聞こえてくる。内容までは聞き取れないが、炉の熱気にも負けない程の熱がそこにはあった。

「嬉しそうだな」
「うん。お母さんも、きっとこんな葛野を守りたかったんだろうな、と思って」
 足取りは軽く、とんとんと拍子をとるように二歩三歩進む。
 白夜は上機嫌で、放っておいたら鼻歌でも歌いそうなくらいだ。
「私ね、鉄を造るところって好きなんだ。いい鉄を造るために、皆が力を合わせてるのが分かるから。……いつきひめになったことで、少しでもあの人達の支えになれたなら、すごく嬉しいな」
 そう言った白夜は、いつもより大人びて見えて、いつもより綺麗に見えた。
 ──おかあさんの守った葛野が好きだから。私が礎になれるなら、それでいいって思えたんだ。
 いつか彼女が口にした想いは、今も変わらない。
 当たり前のように誰かの幸せを祈れる。白夜は昔からそういう娘で。だからこそ、守りたいと甚太は願った。
「集落の柱が謙虚だな。皆、お前がいるから安心して暮らせるんだ」
「ふふっ、ありがと。でも、それは甚太もだからね」
「私は、それほど大層な真似は」
「巫女守様がなに言ってるの。あ、もしかして照れてる?」
「放っておけ」
 のんびりと歩く、見慣れた景色。

夜風が育み、元治が守ろうとしたもの。今なら少しだけ分かる気がする。彼等はきっと、昔ながらの葛野を守り続けたかったのだろう。特別なものなど何一つない、当たり前の、小さな小さな幸福。その眩しさに目を細める。

「なあ」
「うん、お母さん達にも挨拶しておこうか」

同じように感じてくれているのか、ふと視線が合えば、白雪もまた微かに目尻を下げている。そんな二人だから、次の行先は自然と決まった。甚太達の足は、義父母の眠る場所へと向いていた。

葛野では、亡骸は火葬するのが一般的だ。

遺骨のいくつかは砕いて粉にして、いらずの森の奥に撒く。焼くことで死骸のケガレを祓い、灰となった後は土に還し、木々の養分とする。失われた民の命が森を育て、伐採された木はたたら炭となり、新たな鉄を産み出す。葛野の葬儀は、死者を弔うと共に、火を通して行われる死と新生の儀式でもある。

それはいつきひめや巫女守でも変わらない。参る墓などありはせず、故人を偲ぶには、いらずの森を眺めるのがせいぜいだった。

「あまり、奥には入れないぞ」
「大丈夫、分かってる」

普段ならともかく、今は白夜を森の奥へは近付けたくない。それは彼女も納得しており、二人して遠くから森を見詰める。

「でも、こんな機会なかなかないから。一度、来たかったんだ」

この森の奥に、元治と夜風の遺灰は撒かれた。白夜にとっては父母の弔われた場所、特別な感慨があるのだろう。勿論、甚太にしてみても同じだ。もう何年も経っているのだから、遺灰も土に還っている。それでもやはり感傷的になってしまう。

「甚太は、ここに来たりする？」

「時折な」

「そっか」

大袈裟に冥福を祈るほどではないが、たまにいらずの森へ足を運ぶこともある。元治に拾われ、夜風が葛野で暮らせるよう取り計らってくれた。甚太にとって彼等は恩人だ。特に元治は剣の師であり、巫女守としては先達(せんだつ)でもある。今でも甚太は、飄々(ひょうひょう)としながらも一本筋の通った義父を、心から尊敬していた。

「甚太、お父さんに懐いてたもんね」

「懐く、というか。剣の師だったしな、尊敬はしている」

実の父が嫌いだった訳ではない。厳しくも優しい、良い父親だった。しかし鈴音への虐待を考えれば、手放しで肯定もできない。その分、元治のあり方に憧れを覚えた。

「変わらないものなんてない……」

「それ、お父さんがよく言ってた」
「ああ。元治さんの教えは難しくて、正直に言えばよく分からないものも多かった。だが、いつだってあの人は、大切なことを教えようとしてくれた」
いつだったか、元治は言っていた。
あらゆるものは歳月の中で姿を変える。季節も風景も、当たり前だったはずの日常も、変わらぬと誓った心さえ永遠に続くことはない。どんなに悲しくても、どんなに寂しくても、多分それは仕方ないことなんだろう、と。
変わらないものなんてない。そう語った元治こそが、本当は誰よりも、歳月と共に変わりゆくものを厭忌していたのかもしれない。だからこそ、必死になって抗おうとした。その行いの尊さを理解できるのは、幼かった時分よりも少しは前に進めた証なのだろう。
「私は、あの人の背中を、今も追いかけているような気がするよ」
しかし、まだ届かない。巫女守となり、研鑽を積んだ今でも、元治には敵わないと思う。それを悔しいと感じないくらい、甚太にはいつかの背中が大きく見えていた。
「ふふっ、そっか」
「どうした、いきなり笑って」
「そりゃあ、娘としては、父親が褒められたら嬉しいよ」
心から嬉しそうな表情を見せた白夜が、いらずの森に背を向け、改めて集落を見回す。
「お父さん達みたいに、こういう、変わらない葛野を繋いでいけたらいいね」

楽しそうに未来を語る白夜の様子に、甚太は小さく笑みをこぼした。同じ想いを共有できるというのは、むず痒くも心地よかった。

ただ、義父の死に際を思い出したからか、その遺言が脳裏を過る。

──甚太。お前は、憎しみを大切にできる男になれ。

あれは、いったい、どういう意味だったのだろう。

義父母の思い出を語り合った後は、特に何をするでもなく、集落をただ歩き、時折くだらない話をした。目的などない。元々娯楽の少ない集落だ。見るべき場所などほとんどないが、久しぶりに外を歩くこと自体が嬉しいのだろう、白夜はいつになくはしゃいでいる。引き摺られるように、甚太もまた幼い頃に戻ったような心地で一日を楽しんでいた。

ただ、一つだけ気にかかる。

昔から彼女が必要以上にはしゃぐのは、何か言いたくないことがある時だった。

日はゆっくりと落ち、空は夕暮れの色に染まっていた。

散々歩き倒して火照った体を冷まそうと集落を離れる。辿り着いたのは、戻川を一望できる小高い丘。いつか、二人で遠い未来を夢見た場所だった。

「風が気持ちいい……」

真っ白なその肌を夕暮れの風が撫でている。通り抜けるその優しさに黒髪は揺れて、ざぁ、と

さざ波のように木々が鳴いた。
「今日はありがと」
「いや、私も楽しんだ」
「そっか、それならよかった」
「それこそ、いつもだろう」
「あ、ひどい」

表情が次第に曇っていく。先程までの無邪気な少女は消え、儚げな横顔に変わった。
橙色の陽を映す川はまだらに輝いて、瞬く光が少し目に痛い。
「もう、いいのか？」
何気なくこぼした言葉。その意を白夜は間違えなかった。
隠しごとを話す為の心の準備はできたのか。
「う……ん」
沈んだ声。空白が転がり込み、しかしようやく何かを決意したのか、戻川に向けられていた視線を甚太へと移す。
まっすぐ、逸らさない。揺らがぬ決意が彼女の瞳に映り込む。
「ここで、甚太と話したかったんだ。ここは私の始まりの場所。だから、伝えるのはこの場所がいいと思ったの。ね、聞いてくれる？」
「……ああ」

「そっか、よかった」
　笑った。
　けれどその佇まいには色がなくて、そこに秘められたものまでは汲み取れない。
　風がまた一度強く吹き抜ける。木々に囲まれた小高い丘で、彼女は少しだけ近くなった空に溶け込んでしまいそうだ。
　いや、その姿は自ら溶け込もうとしているようにも見えた。
　そして空になった少女は。泣きそうな、けれど同時に強さも感じさせる笑みを浮かべて、
「私、清正と結婚するね」
　そう、言った。

5

葛野において巫女が姫と呼ばれるのは身分としての意味ではない。正確に言うならば「いつきひめ」とは「斎の火女」、即ち火の神に奉仕する未婚の少女を指す。しかし、時代が下るに連れてその意味は薄れ、今では先代がそうであったように、火の神に祈りを捧げる意味という神職へと変化した。だから彼女の言ったことは、別段不思議ではなかった。いつきひめであっても、いつかは誰かと契りを交わす。それくらい最初から分かっている。驚くような話では無い。

それなのに初夏の夕暮れは、少しだけ息苦しくなったように思えた。

「昨日の朝、ね。長に言われたんだ。鬼が私を狙うなら、先代のようになる前に後継を産まねばならないって。その相手として清正が選ばれたの。清正は巫女守で、いずれ集落の長になるから。葛野の未来を考えればこれ以上の良縁はないだろう、だってさ」

昨日の朝、甚太は普段よりも遅く社を訪れるように言い渡された。その意味を今になって理解する。

白夜と清正の婚約。図面を引いたのは長に間違いない。だから、その対抗馬になり得る、また白夜も望むであろう甚太を遠ざけ、昨日の内に清正との婚約を皆に告げたのだろう。

「子を作るだけなら清正じゃなくてもいい。候補者はもう一人いるって言ったんだけど。甚太は

……ね。葛野の血を引いてないから、駄目だって言われちゃった」
 悔しいが、その理由が納得できてしまう。
 いつきひめと巫女守が結ばれること自体は不思議ではない。事実、先代もそうだった。だが、同じ巫女守ならば流れ者よりも集落の民をまとめる次代の民の方が良いに決まっている。葛野の繁栄に祈りを捧げる火女が、葛野の地を取りまとめる次代の長と婚姻を交わす。これ以上の良縁はない。
 長は、最初から白夜と結婚させるつもりで清正を巫女守にねじ込んだんだ。つまり、半年前から今回の件を画策していたことになる。ならば根回しはされていて当然だろう。そして鬼の襲撃に絡め、白夜が首を縦に振らざるを得ない状況になった今、実行に移したわけだ。
 であれば、これは既に集落の総意。誰が何と言おうと覆らない決定事項となってしまっているに違いない。
「それが葛野の民の為って長は言ってた。私も、そう思っちゃった。だから今回の話、受け入れることにしたの」
 葛野の為。彼女の最大の急所だ。その一言で白夜はあらゆる理不尽を受け入れる。といっても浅慮ではない。熟考し、為す意味があると思ったからこそ了承した。
 そうだ、そのくらいは分かる。
 相応の理解が出来るだけの時を共にしてきたのだから、分かってしまう。
 白夜自身、この結婚に反対していない。政略に違いはなく、手放しで賛同している訳でもないだろう。だが、彼女は婚姻が葛野のためになると判断した。そして、その相手として受け入れる

程度には、清正を想っているのだ。

「今の私は白雪。だから言うね」

頭の奥がちりちりと焦げる。痺れて、立ち眩みを起こしたようにぐらつく。けれど目は逸らさない。彼女の決意がそこにはあり、だからこそ真っ直ぐに見据える。

「私、甚太が好きだよ」

知っていた。

立場からか決して伝えようとはしなかったが、白雪がずっと想っていてくれたことは甚太も分かっている。

「でも、これからは白夜。もう白雪には戻れないの」

それも、知っていた。

白夜は最後の最後で、誰かへの想いではなく自身の生き方を選ぶ。己が幸福ではなく葛野の民の安寧を願ってしまう。そんなことは、ずっと前から。多分、この場所で。彼女がいつきひめになると誓ったその日から、知っていた。

「私はいつきひめ。葛野の繁栄の為に祈りを捧げる火の巫女。この道を選んだのが私なら、そこから逃げるなんて許されない」

もはや目の前にいるのは白雪ではない。決意を胸に揺らぐことのない、一個の火女だった。

「甚太が好きなのは本当だよ。正直に言うとね、ちょっとだけ思ったんだ。一緒にどこか遠くへ

逃げたいって。誰も知らない遠いところで、夫婦になって、ひっそりと暮らすの」
　ぺろりと舌を出して、おどけた調子。昔から変わらない白雪がそこにはいる。だから、甚太は必死になって平気なふりを気取ってみせる。強がりだとしても、今は彼女との会話を続けていたかった。
「……夫婦か。悪くないな」
「でしょ？　二人は仲のいい夫婦になって、いつもべたべた甘え合うんだ。それでいつかは子供が生まれて、お父さんとお母さんになって」
　あまりにも穏やかな横顔。遠くを見つめる彼女の瞳には、願う景色が映し出されているのだろうか。あるいは、他の何かか？　視線の先を追っても、そこには空があるばかり。甚太には、何も見えない。
「家族が増えて、ゆっくり年老いて。最後には仲のいいおじいちゃんおばあちゃんになって、並んでのんびりお茶を啜るの。いいと思わない？」
　想像する、優しい未来。
「ああ。そうあれたら、どんなにいいだろう」
　もはや叶わぬと知っているはずなのに、白夜は心底楽しそうだ。
　その夢想に甚太もまた顔をほころばせる。彼女と共に年老いていく。そんな日々を過ごせたのなら、どれだけ幸せだろうか。
「だけど、甚太はきっとそんな道を選んではくれないよね」

質問ではなく確認。彼女の言葉は鋭すぎて刃物のようだ。
葛野の地を捨て白夜と逃げる。
その先にある景色を幸福だと思う。だが、それは選べない道だ。
遠い雨の夜、全てを失った。
遠い雨の夜、小さなものを手に入れた。
元治は家を捨てた自分達に、生きる術を与えてくれた。
夜風は共に生きる同胞だと認めてくれた。
白雪は家族だと言ってくれた。
どこの馬の骨とも知れぬ兄妹を、集落の者は当たり前のように受け入れてくれた。
故郷を離れ流れ着いた先は、いつの間にか掛け替えのない場所へ変わって。

「……そうだな。私には出来そうもない」
「己が幸福の為、切り捨てるには、少しばかりこの地は大切になり過ぎた」
「それって、私のことが好きじゃないから?」
「まさか」

ずっと好きだった。いつまでも一緒にいたいと思う。夫婦になり、どこか違う土地で穏やかに暮らす。呆れるくらいに優しい情景を、甚太も心のどこかで望んでいた。しかし、「一緒に逃げよう」とは言えなかった。
白夜よりも葛野が大切だからではない。彼女は自身の幸福を捨て、葛野の未来を願った。その

決意の重さを知ればこそ、安易な逃げを口にする訳にはいかなかった。
「白雪、私もお前を好いている」
思い出されるのはいつかの情景。
星を映して川は流れる。
二人並んで見上げた夜空。
紡ぎ出した、小さな望み。
いつきひめになると。もう白雪に戻れなくなると知りながら、それでいいと彼女は笑った。
己が幸福を捨て、他の為に生きる。多くの者はその決意を愚かしいと嗤うだろう。
けれど尊いと思った。
父母を亡くし、自分であることさえ出来なくなって。それでも素直に誰かの幸せを祈れる。そんな彼女だから好きになった。
「だが、私が守ると誓ったのは、『白雪』ではなく『白夜』だ。幼い頃から必死に剣を磨いてきたのは白雪を守る為ではなく、母の後を継ぎいつきひめになると言った白夜の決意を尊いと思ったからだ」
全てを捨て、他が為に生きる道を選んだ幼馴染が、せめて心安らかにあれるよう強くなりたかった。己には刀を振るうしかできない。しかし振るった刀が守る彼女は、きっと素晴らしい景色を描いてくれるだろう。
その想いこそが、巫女守としての甚太を今まで支えてきてくれたのだ。

124

「お前と夫婦になり、緩やかに日々を過ごすのは幸福だろう。だが、この地を切り捨ててまで得ようとは思えない。もしもそんな道を選んでしまえば、お前の幼い決意を、お前が必死になって張ってきた意地を。その道行きを尊いと信じ、研鑽を積んだ己が歩みを否定することになる。私は……俺には、それが受け入れられないんだ」

いつかの決意を美しいと感じた。故に生き方は曲げられない。彼女を好きだというのならば、そのあり方を汚すような真似は出来ない。

一度選んだ道を違えるなど、認められるはずがなかった。

「馬鹿みたいだよな。もう少し上手くやれたらいいんだけど」

呟きは巫女守ではなく、甚太としてのものだった。

それを聞いた白夜は嬉しそうに、ほう、と温かな息を落とした。

「清正と結婚するというのに、貴方が私の想ったままの貴方で」

嫉妬する素振りすら見せない想い人。それでこそよかったと、白夜は満足そうに小さく頷く。

「ほんと。……でもよかった」

「やっぱり、甚太は私と同じだね。最後の最後で、誰かへの想いじゃなくて自分の生き方を選んでしまう人。でも、そういう貴方だから好きになった」

揺らがない少女のあり方を、溶けた夕焼けが縁取る。

目を奪われた。遠い昔に見とれた輝きが、まだここにちゃんと残っている。

「私もね、選べなかった。だって、いつきひめになるって決めたのは私。なら巫女としての自分

を否定したら、正面から甚太に向き合えない。今まで歩いてきた道を嘘にしたら、貴方を想う私の心もきっと嘘になる。今まで歩いてきた道を嘘にしたら、貴方を想う私
不意に風が吹いて、長い黒髪がゆらり揺れる。
「貴方を好きな私が、最後まで貴方を好きでいられるように」
それが答え。
 幼い頃から一緒だった。誰よりも分かり合い、いつだって隣にいた。同じ未来を夢見て、同じものに憧れた。二人はいつも一緒で、どこまでも同じで。でも、変わらないものなんてない。心は離れず、しかし歳月に流され、無邪気にはしゃいでいた頃にはもう戻れなくて。お互いに好きだと伝え合い、それが決定的な終わりとなった。
「ああ。なら、やっぱり俺は、巫女守としてお前の傍にあろう」
 たとえ結ばれることはなくとも、変わらずにお前の傍にあろう。微かに目を潤ませながら、けれど澄んだ水面のように、彼女は透き通った微笑みを映し出している。
「……うん」
 その笑顔が本当に綺麗だったから、選んだ道に間違いはなかったと自惚れられた。そして、心さえすり抜ける透明さに甚太は理解する。
 二人は、ここでおしまいなのだと。これからは、今まで傍にいてくれた彼女が他の誰かの隣で笑う。もう一緒にはいられない。これからは、今まで傍にいてくれた彼女が他の誰かの隣で笑う。

寂しい。どんなに強がっても辛い。軋む胸の痛みは、どうしたって誤魔化せない。だけど、不思議と落ち着いてもいた。お互いに譲れなかったものがあり、お互いにそれを最後まで貫いた。想いが形になることはなくとも、二人は確かに通じ合えたのだ。だから素直に、負け惜しみでも強がりでもなく、この終わりを受け入れられる。

変わらないものなんてない。巡り往く季節。移ろう景色。時代も街並みも、永遠を誓う人の想いさえ。歳月の中では意味をなさず、その姿を変えていく。どれだけ寂しくても、どれだけ辛くても、それはどうしようもないことだ。

——でも、美しいと思った。

離れていく愛しい人を前にして、残ったのは悲哀でも寂寞（せきばく）でもない。この心は彼女の笑顔を、彼女の決意を、ただ美しいと感じてくれた。幼い頃に守りたいと願ったものを、今でも尊いと信じられる。それが嬉しくて、自然と笑みはこぼれた。

歳月を経て様々なものが変わり、けれどあの頃の憧憬は今もここにある。ならば報われなかった二人の恋は、きっと間違いではなかったはずだ。

「あーあ、振られちゃった」

ぐうと背伸びをして、白夜は大きく息を吐いた。

「振られたのはこっちだろ？」

「え？　私は振ってなんかないよ」

「俺もそんな覚えはない」

溢れてくる軽口。どっちが振ったのか。そんなものどちらでも意味がないだろうに、二人で貴方だ、お前だと押し付け合う。名残を惜しんでいたのかもしれない。途切れればもう元には戻れないと知っていた。
何かが壊れてしまわないように言い争いを続け、それでも次第に言葉はなくなり、ついに二人とも黙り込む。
終わり掛けた夕暮れの下、流れる川の音だけが耳をくすぐる。
そうして不意に空を仰いだ白夜は、万感の意を込めて告げる。
「そっか、ならきっと……」
もしも振られたというならば、それはおそらく。
「結局、私達は、曲げられない『自分』に振られたんだね」
風に溶ける少女。
強く儚いあり方が眩しくて、そっと目を細める。
「ああ。お互いに、な」
口をついて出た返答は軽い。その軽さゆえ、逆に、自ら途切れたなにかを強く意識することになった。

互いに想い合い、本当に好きで。しかし掲げた誓いの為に、歩んできた道の為に。
お互いがお互いの生き方を尊いと信じればこそ。共に、あることは、出来ない。
そんな恋の終わりもあるのだろう。

彼女と共にあれたら。それを幸せと感じ、心から願うのに、今まで必死にしがみ付いてきた生き方を曲げられない。自分自身も、きっと彼女も。

「随分、遠くまで来たんだな、俺達」

「本当。もう帰れなくなっちゃった」

幼い頃交わした約束は、今もまだ胸にある。けれど心は変わる。いつまでも幼いままではいられないのだ。

気付けば夕日は完全に落ちて、薄闇が辺りを包んでいた。藍色を帯びる川辺に、ずっと昔、この場所で未来を夢見た夜を重ねる。あの頃に見た景色と、今ここで見る景色。同じものを見ているはずなのに、何故か色合いは違うような。何が変わったのかは分からない。

「では戻りましょうか、甚太」

白雪はいなくなり、白夜が微笑んだ。

「御意」

甚太はいなくなり、ただの巫女守が残った。

何が変わったのかは、どれだけ考えても分からなくて。

あの夜と同じように見上げた空は、星の光に少しだけぼやけて見えた。

鬼の根城が見つかった。

報告が入ったのは翌日の明け方頃だった。

6

「では甚太」
「御意。鬼切役、ここに承りました」

葛野の北に広がる森林、通称いらずの森。その奥には鬼の告げた通り洞穴があり、彼等の根城となっていた。

報告が入ったのは明け方頃、朝一番で甚太は社に呼び出され、再び鬼切役が与えられた。

命じる白夜に感情の色はない。

自然と手に力が籠った。彼女はいつきひめであろうとしている。ならば巫女守として、二匹の鬼を討ちとらねばならない。

「ともすれば、鬼女が単独で葛野を襲うかもしれません。ですが、その場合は清正が対処します。貴方は、己が役目に専心なさい」

「は」

床に拳を突き、恭しく頭を下げる。それだけで伝わるものがあり、役目を果たすため、礼を示した後は即座に立ち上がった。

御簾の近くには清正が控えている。あの男は白夜と結ばれる。気に食わないし、嫉妬していないとも言えないが、それも含めて選んだ道だ。

小さく息を吸い、社殿の静謐な空気を肺に満たす。効果があったのか、思った以上に心は落ち着いてくれた。そうだ、これはいつも通りのこと。鬼切役を受け、その間の護衛を清正が担う。その形は以前から何も変わらない。だから、焦燥を覚える必要はないと自分に言い聞かせる。

「清正、姫様を頼む」

　込み上げる情動をひと飲みにして、平静を保ったまま、何の裏もなく清正に後を任せる。

「……ああ、分かってるよ」

　相変わらずのにやけた面を見せるかと思えば、返ってきたどこか悔いるような呟き。意外に思ってまじまじと見るが、ふいと視線を逸らされた。歯を食いしばった、引き締められた横顔からは胸中を窺い知ることは出来なかった。

「武運を祈ります」

　凛とした白夜の声が響く。

　清正の態度には不可解なものを感じたが、今は問い詰めている時でもない。微かに残った疑問を頭から追い出し甚太は社を後にした。

「おい」

　社殿から出て鳥居を潜ろうというところで、後ろから肩を掴まれる。振り返れば、清正が親の仇でも見るような形相で睨め付けていた。

「なんで何も言わない」
「何がだ」
「ふざけんなっ！」
　歯ぎしりをし、憎々しげにしている。今までにも突っかかって来ることはあったが、ここまで余裕がないのは初めてだ。
「聞いたんだろ、白夜とのこと」
「……その話か。ああ、姫様から聞いた」
「じゃあ、なんで何も言わない。お前だって白夜が好きだったんだろ」
　平然とした様子が癪に障ったようで、眼光がさらに鋭くなる。そう言えば鈴音も似たようなことを問うていた。どうにも自分達の考え方は、周りには理解されにくいらしい。顔には出さず胸の内で苦笑する。
「姫様が決められたのだ。私も納得している」
「それでいいのかよ。お前、何考えてんだ」
「無論、姫様の安寧と葛野の平穏だ」
　この男は何が言いたいのか、甚太の方こそ疑問だった。意図の読めない詰問に、いい加減苛立ちが募ってくる。
「反対しないのだから、お前には好都合だろう。何か問題があるのか」
　その一言が火に油を注いだ。

132

目に濁った怒りを宿らせ、清正は乱暴に胸ぐらを掴み上げる。
「俺は白夜と結婚するぞ。いいんだな」
「だから納得していると言った」
「っ！」
まともに取り合おうとしない甚太の態度に激昂し、拳を振り上げ、しかし殴りかかることはせずに体を震わせる。その様は、溢れ出る感情を無理矢理押さえつけているように見えた。
「離せ」
結局、清正は殴らなかった。
腕を乱暴に払いのけても大した反応はない。されるがままに手を離し、うなだれて、悔しそうに奥歯を強く噛んでいる。
「お前、どうかしてるよ……」
想い人を奪われて平然と認める。成程、傍から見ればおかしくも映るだろう。自身の思慕より下らない意地を優先するなど、どうかしているとしか言い様がない。
だが、今更生き方は曲げられない。彼女の決意を美しいと思ったのならば、それを汚すような真似は死んでも許されない。我ながら難儀なことだ。
「だろうな。私もそう思うよ」
自嘲し、頼りなく笑う。
呆気にとられたのか、清正は何も言えないでいる。それを無視して、着物を直し、今度こそ鳥

居を潜る。
　背後で立ち尽くしているのが分かった。だが、かける言葉は見つからなかった。

　社で鬼切役を受けた後、甚太は一度自宅へ戻った。
　後ろ鉢巻たすき十字に綾なして、という訳でもないが、戦いに臨むのならそれなりの準備は必要だ。

「にいちゃん、お帰りなさい！」
「ああ。何もなかったか？」
「うん、平気だよ」
「そうか、ならよかった」
　出迎えてくれた鈴音は、いつものように満面の笑み。その無邪気さのおかげで、ささくれた心も多少は滑らかになる。幾分か落ち着いた心地で身支度を整えた。
「今日は、もうおしごと終わり？」
「いや、鬼切役を承った。少し準備を整えたら出る」
「えっ……また？」
　刀、鞘、装束に草履。一通り不具合がないか確認する。そうして最後に刀を腰に差し、表情を引き締めれば、反対に鈴音が沈んだ面持ちへと変わった。
「悪いな、留守を任せてしまう」

「うん、それはいいの。でも……」

鬼切役は怪異を相手取る、であれば危険はどうしたって付きまとう。一人で留守番をするのは我慢できても、にいちゃんが怪我するのは嫌なのだと。不満と心配がない交ぜになった、得も言われぬ瞳が甚太を見る。

「すぐに帰ってくる」

「そう言って、いつも何日も帰ってこないもん」

そこを指摘されると辛い。兄の身を案ずるが故にこぼれる愚痴。それがありがたくも申し訳なく、かといって妹可愛さに御役目を断れる訳ではない。結局大したことは言えず、悲しそうな妹に「済まん」と小さく謝り、玄関へと向かうしかできなかった。

「後は頼んだ」

「……気を付けてね」

文句はあるし、納得し切れてはいない。しかし憂いなく赴けるよう、様々なものを飲み込んでくれたのだろう。

鈴音が小さく笑った。だが、震えた唇が陰った内心を如実に表している。

「そう心配しないでくれ」

「するよ。……心配くらい、させてよ」

揺れる声に、縋るような色にちくりと胸が痛む。

思えば、何度こうやって独りにしただろう。大事な家族だと言いながら、巫女守だから鬼切役だからと、いつも留守番をさせていたような気がする。鬼の血を引くが故に、人の輪に入れなかった妹。この娘は寂しい思いをしていたのに、いつだって我がままなど口にせず、ちゃんと自分を送り出してくれた。行かないで欲しいなんて、一度だって言わなかった。それが誰の為の強がりだったかなど考えるまでもない。

「大丈夫だ」

気が付けば片膝をつき、目線を同じにして、鈴音の頭を撫でていた。

「に、にいちゃん？」

照れて頬を赤く染めて、わたわたと体を動かしている。

自分の都合で大切なものを置き去りにする身勝手な男だ。撫でる手は罪滅ぼしにもならないかもしれない。それでも、この娘が少しでも安らげるよう、出来得る限り心を寄せる。

「安心しろ。ちゃんと帰ってくるから」

「……ほんとに？」

「ああ、にいちゃんを信じてくれ」

きっぱりと言い切れば、何故か小さな体は少しだけ強張った。

長く続けていると、さすがに恥ずかしくもなる。手を離し立ち上がれば、俯いていた鈴音はゆっくりと顔を上げた。

「うん、待ってる。私は妹だから。いつだって、にいちゃんの帰りを待ってるよ」

ふわりと柔らかい、包み込むような幼気な笑みだ。だが、どうしてだろう、少しだけ大人びても見える。

「鈴音……？」

何故だかこの娘がひどく遠く感じられて、知らず名を呼んでいた。

「どしたの？」

きょとんと不思議そうな、よく分かっていないような反応。

気のせい、だったのか。妙なところは見当たらない。普段通りの妹がそこにいて、やはり思い違いなのだと胸を撫で下ろす。

「いや、何でもない……では行ってくる」

「うんっ、いってらっしゃい！」

そうしていらずの森へ向かう。

背中に投げ掛けられた無邪気さはやはり普段通りなのに、ほんの小さな違和感が消えない。喉の奥に小骨が刺さったような、何かを取り違えたような、名状しがたい奇妙な気分だった。

重なり合う木々が天幕となった森は、むせ返るほど濃い緑の匂いで満ち満ちている。初夏の柔らかな日射しの中、なおも閑寂たる様相を崩さない「いらずの森」は一種独特の空間だ。時折響く鳥の声と、それに応えるように唄う木々のざわめきが、一層静けさを引き立てている。踏み締める土は直接日が当たらないせいか、微かに湿っており少し歩き難い。だが、足を

止める程でもなく、甚太は一人黙々と小路を歩き続けていた。時間はまだ真昼に差し掛かったところ。明るいうちに勝負を決めようと鬼の下へと向かっている最中である。
　懸念はあった。
　今回は鬼が二匹いる。この状況でわざわざ鬼が自身の居場所を晒したのは、呼び寄せて二匹掛かりで仕留める気か。あるいは一方が足止めをして、もう一方が葛野を襲う為か。可能性としてはどちらもあり得る。後者ならば、恐らく足止めは大形の鬼の方だろう。あの鬼は確かに強大だろうが、一対一ならば易々と遅れは取らない。それに、鬼女の方はさほどでもなかった。あれならば、数で攻めれば清正や集落の男達でも何とかなる。
　問題は、前者の場合だった。相手が二匹でも負けるつもりはないが、確実に勝てるとも言い難い。
「さて、どうなるか」
　正直考えたところで分からないし、どの道自分にできるのは目の前の鬼を斬るのみ。下手の考え休むに似たり。些事に気を回すくらいならば、意識を戦いに集中した方がいいだろう。
　神経を研ぎ澄ませ、深い森を踏み分ける。
　しばらくすると、件の洞穴が見えてきた。
　鬼の住処だとて躊躇いはない。
　罠の類は仕掛けられていないようだ。警戒しながらも洞穴に侵入し、暗がりを慎重に、ごつご

つとした岩肌を踏み締めて進む。

一瞬、僅かな灯りが目に入り込んだ。それを標にさらに奥へ、その末に辿り着いたのは洞穴内の大きな空間。光源は、鬼が用意したであろう数本の松明しかない。薄暗い広間だった。

鼻を突いた臭いは松明に使った硫黄だろうか、それとも鬼が殺した人の残り香か。焦げたような、卵の腐ったような独特の匂いが漂っている。

『来たか、人よ』

視界の先には、一匹の鬼がいた。

「……お前だけか」

『あやつは葛野の地へ行った』

そうか、と小さく呟き左手は腰のものに。鯉口を切り、一挙手一投足も見逃さぬと鬼を睨め付ける。問いながらも意識は目前の戦いにのみ注がれる。他事に気を取られたまま渡り合える相手ではなかった。

『いやに冷静だな？』

「予測はしていた。葛野の民をあまり舐めるな。あの程度の鬼に後れをとるほど軟ではない」

ゆっくりと刀を抜く、脇構えの体勢になる。

呼応して鬼も両の拳を握ると、右腕を突きだし半身になった。

『それは困るな。ならばすぐ加勢に行くとしよう』

「舐めるな、と言っている。この命、貴様如きにくれてやる程安くはないぞ」

余計な問答はいらない。

両者は示し合わせたように飛び出し、それが殺し合いの合図となった。

腰を落とし重心は低く、根を張ったように体は安定している。地を踏み締め足から膝を通り腰へ、捻じった体を戻す反動を加え腰から肩へ、全身の連動によって生み出された力が肩から腕へ。すべてが研ぎ澄まされた裟裟懸けの斬撃へと変わる。

葛野の太刀と実戦で鍛え上げた剣技は、容易に鬼の皮膚を切り裂く。だが、敵もさる者、怯むことなく反撃を繰り出す。

空気を裂くでは生温い、空気をえぐり取るような拳が突き出される。

この体勢では、後ろには下がれない。故に振り降ろされた刀はそのままに、右足で地を蹴り間合いを詰める。

拳が頬の横を通る。それだけで、触れてもいないというのに皮膚が破れた。

だが止まらず、体を鬼のみぞおち辺りに捻じ込む。

突き出した左肩を中心に体ごとぶつかる、全霊の当て身である。

『ぐぅ……！』

苦悶が漏れ、僅かに数歩ではあるが、鬼が後退する。

一瞬の好機。

鉄の如き鬼の体躯に加減なしでぶつかったのだ。鬼のものと比べれば遥かに弱い人の五体が、衝撃に軋んでいる。だとしても、この機を逃す訳にはいかない。

140

刀を、大きく振り上げる。右足を一歩踏み込み、上段に構えた刀を裂帛の気合いと共に放つ。

それはちょうど鍛冶師が振り下ろす槌に似ていた。

肉に食い込み、骨を断つ感触。

狙ったのは放り出された左腕。

ごろんと無造作に転がる腕を確認し、返す刀で首を狙うが、そこまでは相手も許さなかった。

鬼の拳が頭の上から振ってくる。しかし腕を失ったせいか、その動きはぎこちない。

甚太は刀を途中で止め、後ろに大きく距離を取る。

血払い、最後に小さくひと呼吸ついた。

既に十合を超える交錯を経て、裂けた頰以外は無傷。対して、鬼にはいくつかの刀傷が見える。

致命傷には程遠いが左腕も斬り落とした。

取りあえずは上手くいっている、というところだ。

『こちらの攻めが一度も当たらぬとは。人間離れした男だ』

悠然と甚太は構える。

だが、勘違いしてはいけない。この戦い、優勢なのはあくまでも鬼。攻撃が一度も当たらぬとは言うが、そもそも一撃でも当たればそこで終わる。鬼の膂力で放たれた拳だ。直撃すれば即死、急所を外しても二度と立ち上がるは叶わず。無傷の勝利か無残な死か。そのどちらかしか甚太の結末はあり得ない。

逆に、鬼の体躯は頑強。多少の傷では命を刈るには足らない。首か心臓か、頭を潰すか、急所を捉えねば討ち果たすなど不可能。それが分かっているからこそ、強引なまでに鬼は攻め立てる。傍目には有利と見えるが、その実、神経をすり減らす綱渡りの如き戦いであった。

「……っ!」

漏れる呼気。再度、拳と刀が交錯する。
袈裟懸け、振り抜く。逆手、一閃、狙うは首。
鬼は避けきれない。が、その頑強さをもって猛然と攻める。放たれた一撃。躱しながら甚太は地を這うように駆ける。鬼の腕を掻い潜り逆風、下から上へと斬り上げる。それに合わせ、鬼もまた地面へと叩き付けるように拳を振るう。
逃げはしない。むしろさらに一歩を進み、懐に入り込む。拳は空振り。刀は胸元を切り裂くが、致命傷には程遠い。踏み込んだ右足を引き、体を捌く。左足を軸に体を回し鬼の腹を蹴り付け、その反動で一気に間合いを離す。
渾身の蹴りでも怯まない。
甚太は軽く舌打ちをした。傷は与えられるがやはり決め手に欠ける。あれを討つには、多少の傷を覚悟で踏み込まねばならないだろう。

『人は、やはり面白い』

尋常の勝負、真っ当な殺し合いの最中にあって、敵は見合わぬほどの穏やかさだった。こちらの思惑なぞ知らぬとばかりに鬼は感嘆の息を吐いた。

『鬼の寿命は、千年を優に超える。俺もそれなりに長い時を生き、酒を呑み賭けにも興じてきたが、人を超える娯楽には終ぞ逢ったことがない』

人を脆弱な者と見下し、命を餌程度にしか考えないあやかしとならば以前やり合った。この鬼の語り口はそういった、人を軽んじたものではない。娯楽という表現を使ってはいるが、決して馬鹿にしたようなものではなく、鬼のあり様は真摯なものさえ含んでいた。

『例えば武術。鬼に劣る体躯でありながら、それを凌駕する技を練る。人は当然の如く摂理に逆らう。あやかしより遥かに短い命、しかし人は受け継ぐことでより長くを生きる。これを面白いと言わずしてなんと言う』

それは憧憬だったのか。鬼は薄らと目を眇めた。

甚太の剣は元治に学び、度重なる実戦で磨いたもの。先人に教えを乞うたはずだ。彼の師もまた、おそらくは誰かに師事し剣を磨いたのだろう。元治も、ただ一つに専心し、生涯をかけ磨き、朽ち果てる前に授け、人は連綿と過去を未来に繋げていく。武術に限った話ではない。一個の寿命には限りがある。しかし、得たものを次代に遺し、途方もない時間を費やして、人は多くを為してきた。

千年を超える寿命を持ち、初めから人よりも強く生まれる鬼にとっては、瞬きの間に終わる命で何かを為そうと足掻く人の営みが、眩しく映るのかもしれない。

『人はまこと面白い。だからこそ聞きたいことがある』

向けられた視線は、試すような、値踏みするような色に変わっていた。

『人よ、何故刀を振るう』

その問いに動きが止まる。

巫女守である甚太にとって、鬼は集落に、人に仇なす外敵でしかない。こちらの意を知ろうとするあやかしなぞ初めてだった。

『摂理に逆らい得た力で、お前は何を斬る』

「他が為に。守るべきものの為に振るうのみ」

考えるまでもなく、間を置かずに答える。

白夜だけではない。鈴音や葛野の民。自身が大切に想うものの為、ただ刀を振るう。元よりそういう生き方しかできぬ男。単純ではあるが本心だった。

『余分を背負い、その重さに潰され往く。成程、実に人らしい答えだ』

豪快に鬼は笑う。やはりそこには侮蔑も嘲りもなく、心底面白いといった様子だ。この鬼は決して人を見下さないし、何より理性的である。だからだろう、甚太もこいつが何を考えているのか知りたくなった。

「ならば私も問おう。鬼よ、何故人に仇なす」

『さて、人ならぬ身であれば、言葉で表す答えなど持ち合わせておらぬ。おらぬが……敢えて言うならば鬼故にだろう』

「鬼は人を殺すが性だと？」

『否。己が為にあり続けるこそ鬼の性よ。ただ感情のままに生き、成すべきを成すと決めたなら

ば……その為に死ぬ。それが鬼だ』

音吐(おんと)はどこか頼りない。自嘲を帯び、皮肉気に吊り上がる口の端。先程までの豪放さはなく、無力に嘆くような表情は、屈強な鬼にはそぐわぬものだ。

『俺は、この地で成すべきを成すと決めた。故にその為に動き、故にそこから一歩も動けぬ。鬼は鬼である己から逃れられぬ。そういう生き方しかできんのだ』

人を殺すのが鬼ではなく、結果人を殺すことになろうとも目的を果たすまで止まれないのが鬼だという。

もしその弁が事実ならば、人と鬼に何の違いがあろう。

一瞬の逡巡(よぎ)。戸惑いが脳裏を過り、それでも構えを解くことはない。

「止められないのか」

『出来れば鬼とは呼ばれぬ』

ああ、そうなのだろう。

この鬼が……この男が、自らの歩みを易々と曲げるとは思えない。自身もまた、そういう男だから分かる。生き方なぞ、そうそう変えられるものではない。

結局、選べる道は一つしかないのだ。

「……そうか。ならば遠慮はせん」

『必要ない』

重く冷たく、洞穴内の空気が揺らぐ。

この交錯で終わる。訳もなく理解した。
『往くぞ』
瞬間、鬼の残された右腕、その筋肉が隆起する。残った力を全て集めているのか。ぽこぽこ沸騰する液体のような音を立てながら脈動し、次第に膨張していく。その急激な変化は、腕が一回りほど巨大になったところで止まった。
鬼は右腕だけが異常に発達した、左右非対称の異形となっていた。
「面白い大道芸だ」
肌に感じる圧力は、今まで対峙してきた鬼の遥か上をいく。あの腕は、危険だ。感じ取りながらも内心の焦りを悟られぬよう、甚太は敢えて挑発めいた物言いを演じてみせた。
『言いおるわ。確かに大道芸よ』
それが気に入ったのか、鬼は心底おかしそうに笑い飛ばした。次いで勝ち誇るように口の端を吊り上げ、肥大化した右腕を見せつける。
『我ら鬼は通常、百年を経ると固有の力に目覚める。中には生まれた時から持っている者もいるし、十年やそこらで目覚めることもあるがな。ともかく、高位の鬼は一様にして特殊な能力を持ち合わせているものだ』
「それが、お前の力という訳か」
『正確には違う。俺の力は〈同化〉。他の生物を己が内に取り込む、戦いにはさほど役に立たんものだ。……が、これには別の使い方があってな。同じ鬼と〈同化〉すれば、その力を喰える』

もう一つ別の使い方もあるが、それは今語ることでもあるまい。鬼はそう付け加え、無造作に腕を振るう。風が唸りを上げた。

何気ない動きでだ。まともに食らえばどうなるかは、推して知るべしというものだ。

つう、と冷や汗が頬を伝った。

成程、高位の鬼と称するだけはある。勝つにしろ負けるにしろ、無事では済まないだろう。

「つまり、それは」

『本来は別の鬼の力……〈剛力〉という。短時間だが骨格すらも変える程に膂力を増す。単純だが効果的だ。もっとも、俺が喰った力はこれだけだが』

今までにない難敵。それだけの脅威と認めたからこそ、違和感があった。

この鬼は初めから饒舌ではあったが、自身の戦力を語ることに意味があるとは思えない。そうしているのか。いや、鬼は嘘を吐かないとこいつは言った。何より虚言を弄するような痴れ者には見えない。

「よく回る舌だ。何故わざわざ手の内を晒す？」

『言っただろう。成すべきを成すために死ぬのが鬼だと。これも必要な……いや、餞別といったところか』

説明するのが必要？　餞別？

冥途の土産という意味なのだろうか。今一つ要領を得ない。

眉をひそめるも、鬼は疑問に明確な答えを返さず、ただ薄く笑った。

『なに、気にせずともよい。詮無きことだ』
「……それもそうだな。どうせ成すべきは変わらんか」
──どのような理由があったとしても、後に待つのは殺し合い。成すべきは何も変わらぬ。互いのまとう気配がそう語っている。ならば余計なものは必要ない。
今はただ眼前の敵、その絶殺にのみ専心する。
思索に耽り濁っていた意識が透明になっていく。
透き通る水の如き純粋な殺気。刃を構える。息遣いにまで神経が通う。
一つ、息を吐く──半歩前に出る。
二つ、息を吸う──全身に力が籠る。
三つ、息を止める──それが合図になった。
爆発と紛う轟音を引き連れて突進する鬼。
繰り出すのは相変わらず技術の無い一撃だ。乱雑で、未熟な、ただの拳。だというのに、それは唸るほどに力強く、なにより速かった。今まで全ての攻撃を避け切っていた甚太をして、回避が間に合わぬほどに。
あれは止められないと瞬時に悟る。どうすればいい。後ろに退く。否、意味がない。体を捌く。否、避けられない。刀で防ぐ。否、受け切れない。鬼の放った一撃から逃れられる未来が全く想像できなかった。
ならば、どうすればいいかなど知れたこと。元より己に為せるはただ斬るのみ。ならば前に進

148

む以外の選択肢などありはしない。
　刹那の間に覚悟を決め、甚太は踏み込んだ。腰を落とし、突き出された拳を横から払う為に、左腕をぶつける。
「い、があっ……！」
　一瞬、僅かに一瞬。防御など出来る訳もなく、左腕がへし折れ、千切れ、宙に舞った。遅れて傷口から鮮血が飛び散り、走る激痛。苦悶に顔が歪む。
　しかし、甚太は平静だった。この程度の傷は端からおり込み済み。痛みに構っている暇などない。重要なのは、鬼の拳撃を僅かにだが逸らせたこと。そして、まだ生きているということ。
　尚も鬼は止まらない。規格外の一撃をどうにかやり過ごしただけで、止めるには至らなかった。だが拳を逸らし、僅かに隙間ができた。その空白に潜り込む。拳がすぐ近くを通り、掠めた左肩が裂けた。
　傷は深い、だが問題はない。左腕一本を犠牲にして、どうにか命を繋いだ。
　次はこちらの番だ。
　刀を掲げ、片手上段。全身の筋肉を躍動させ、刃を一気に振り下ろす。
　己が死を予見した鬼は、勢い任せに上体を後ろへ反らし、肥大化した右腕を引き付け守りに入る。斬るのが早いか防御が先か。今ここで全霊をもって斬り伏せる。甚太は躊躇わず白刃を振り下ろし。
　だが届かず。刀身が、砕けた。

放った斬撃は間違いなく全力にして最速。鬼はそれを上回った。渾身の一刀が奴の体躯を裂くよりも早く、異形の腕が割り込み、こちらの最速を防いだのだ。
長年連れ添った愛刀は敵を断ちきれず砕け、無惨に金属片が飛び散る。
もはや、武器も次の一撃を防ぐ手段もない。
鬼がにたりと嗤う。

それでもなお、甚太の目は死んでいなかった。
砕け散った刀身、折れた刃先がまだ空に浮いている。とっさに柄を捨て手を伸ばし、地に落ちるよりも早く物打ち——刀の先の部分を掴む。物打ちを小刀のように見立て握り締める。痛み。刃が食い込み掌から血が流れる。代わりに、この手にはもう一度攻撃の手立てが与えられた。
逆に鬼は今の攻防で手一杯なのか、無防備を晒している。
もはや、ここ以外に好機はない。
限界まで体を捻り、一歩を進むと同時に右腕を突き出す。
奴の目はそれを捉えていた。だが避けようとはしない。いや、動けない。鬼は全てを出し尽くし、完全に硬直している。指の先にまで力を籠め、握りの弱さを補助する為に痛みは無視して肉を骨を刃に食い込ませる。狙うは一点、鬼の心臓、この一撃をもって終わらせる。

『あ……がぁ……っ！』

ずぶりと気色の悪い音が骨に伝わった。
刀身が鬼の左胸に突き刺さり、鮮血が甚太の全身にかかる。

心臓を、潰した。その感触を刃で味わうと、ほどなく巨躯は力を失くし、崩れ落ちるように洞穴の天井を仰ぎ倒れ込んだ。

ここに、勝敗は決したのである。

地に伏せる異形から白い蒸気が立ち昇る。命が尽きようとしている証拠だ。鬼は息絶える時、肉片一つ残さず消え去る。もはや助からない。……勝利を誇るより、この鬼は助からないのかと、まるで惜しむような考えを抱いてしまったのは何故だろうか。

「ぐ……」

こちらの傷も相当に酷い。左腕からは今も血が流れている。腕を押さえて少しでも止血しようとするが、あまり意味はなかった。このままでは失血死だ。何か手立てを考えなくては。

『随分と血に濡れたな』

仰向けに寝転がる鬼は首だけを動かし、甚太へ視線を向けた。今も蒸気が昇っている。空気が肺から洩れるような、かすれた呻き。だというのに、呼吸こそ荒いが平然とした態度を崩さない。

「お前よりはましだろう」

肩で息をしながらも鼻で嗤う。無論ただの虚勢に過ぎず、激痛に目の前が点滅している。気を抜けば、途端に意識を失ってしまいそうだ。

『はっ、まったくだ』

「死に往く身で、随分と余裕のある」
「なに、俺は成すべきを成した。なれば死など瑣末よ」
満ち足りた、安らかな末期だった。悔いなど一つもないと、静かながらも曇りのない面持ちで終わりを待っている。志半ばで逝く男の顔ではない。甚太が怪訝に思えば、鬼は皮肉気に口の端を吊り上げ、泰然と語り始めた。

「俺と共にいた鬼、あやつの力は〈遠見〉と言ってな、遠い景色を覗き見ることが出来るのだ」
何のつもりかは分からないが、黙って遺言に耳を傾ける。死に往く身であるし、なによりこいつが虚言を弄するとは思えない。今の今、殺し合った相手だが、この鬼には信頼に足るだけの重さを感じていた。

「〈遠見〉は遠く離れた景色だけでなく、今は形もない未来の情景さえも知れる。あやつが今回見たのは二つの景色だ。一つは遠い未来の葛野の地に、鬼を統べる王が、鬼神が降臨する姿」

鬼神。

途方もない話だ。荒唐無稽ではあるが、戯言と切って捨てるには、鬼はあまりに穏やかだった。もしも真実だというのならば看過できない。だが高位とはいえ、一匹の鬼にこの様だ。それらを総べる鬼神とやらは、どれほどの化け物か。打倒できるなど毛程も思えなかった。

「もう一つ、百年以上未来において鬼神と呼ばれる者が、現在、この地に住んでいること。それを我等は〈遠見〉によって知った。だから我等はここに来たのだ」

未来で鬼の王となる存在。この地に住む鬼。未来がどうなるかなど、神ならぬ人の身では知る

由もない。ただ、葛野に住む鬼ならば心当たりがあった。
　——さあ？　でもあの男の子は……確か、鈴音ちゃんだっけ？　あたし達の同朋と長く一緒にいたみたいだし、案外あやかしに近付いているのかもね。
　今更ながら違和に気付く。何故、鬼女は鈴音を知っていた？
「それは」
　甚太は思っていた。鬼達は白夜、あるいは宝刀の夜来を狙ってこの葛野へ訪れるのだと。その推測は間違っていたかもしれない。
　鬼達の、本当の目的は——
『人よ、餞別だ。持って往け』
　瞬間、目の端で何かが動いた。反射的に体を捌く。
「があっ……！」
　しかし一手、遅かった。
　斬り落とした鬼の左腕だ。転がっていた腕が飛来し、まるで生きているかのように甚太の首を掴む。ぎしぎしと嫌な音が鳴る。とっさに掴んだ鬼の手首へ力を込め、どうにか引き離そうとするも、人の膂力ではぴくりとも動かない。
　迂闊だった。たとえ心臓を貫いても、完全に死に絶えるまで注意を怠るべきではなかった。油

断の代償がこれだ。尋常ではない力で首を絞められ、血は今も流れ続け、生命の危機に瀕している。
　空気が入って来ない。血液が失われていく。目の前が砂嵐のように霞み、額のあたりで火花が散っている。喉が熱い。締め付けられた部分が溶かされているようだ。
『お前は、守るべきものの為に刀を振るうと言った』
　誰かが、何かを言っている。
『ならば、今一度問おう。お前が守るべきと誓ったもの、それに守るだけの価値がなくなった時、お前は何に切っ先を向ける？』
　よく理解できない。
　意識が、もう、保てない。
『人よ、何故刀を振るう』
　最後に、何故か、その言葉だけが強く残り。
　白雪……鈴音……。
　目の前が、どろりと鉄のように溶けた。

　　　◆

　葛野では鬼の襲撃に備え厳戒態勢が敷かれていた。もしも鬼が襲ってきたとしても、いつきひめには手出しさせぬ。巫女守が傍に控え、男達は

社の前に集まり、それぞれが武器を取り警備にあたる。女子供は安全のため家に籠っている。鈴音もまた、普段からあまり外出はしないが、家で大人しく兄の帰りを待っていた。

「にいちゃん……」

大切な人は今、白夜の為に命を懸けて戦っている。

それが辛い。

有り体に言えば、鈴音にとって甚太以外の人間はどうでもいい存在だ。幼馴染の巫女の生き死にでさえ興味がない。「ひめさま」と呼ぶのは、単に兄が彼女を大切に想っているから、あの二人が共にいられるよう願うのは、兄がそれを幸福と感じているからに過ぎなかった。そうでなければ、甚太に近付く女など好意的に見られるはずがない。それほどまでに、兄に対する想いは深い。家族として親愛の情を抱き、心から慕い、あるいは恋慕の気持ちだってあった

のかもしれない。

遠い雨の夜、父に捨てられ、けれど彼だけが手を差し伸べてくれた。

彼の手に、救われた。

その時から、鈴音にとっては甚太が。あの人の手が全てだった。

だから鬼切役は好きではない。長い間離れないといけないのは勿論嫌で、心配なのも本当だ。

それ以上に、あの人が他の誰かの為に命懸けで戦っている事実は、耐え難い程に辛かった。

「やっぱり、ひめさまと結婚するのかなぁ」

ぽつりと何気なく落とした独り言は、想像以上に淀んでいる。鈴音はまだ、いつきひめの婚約

を知らない。浮かべる想像は、未だに甚太と白夜が結ばれるという結末だ。胸が軋む。あの人が誰かと契りを交わす姿など本当は見たくない。叶うならばずっとずっと一緒にいたい。胸にある想いが妹としてのものか、女としてのものかは、自身にも分からなかった。

ただ時折、ほんの少しだけ考える。

もしも自分が彼の妹でなかったら、夫婦として結ばれる将来もあっただろうか。そんな未来を夢想し、しかしすぐさま首を横に振って頭から追い出す。何を馬鹿な。妹だからこそ傍にいてくれたのだ。そうでなければ、きっと手を差し伸べてはくれなかった。なら、これでいい。男女として結ばれることはなくとも、妹として一緒にいられるならば、十分に幸福だ。

未だ鈴音が幼いままなのは、だからこそなのかもしれない。

成長すれば彼の妹ではいられなくなる。成長して大人になり、誰かの嫁になるなど想像したくもない。と、家庭を持たねばならない。血縁は消えないが、それでも大きくなった女は嫁に行き、後家となって兄に迷惑はかけたくない。

故に幼子のまま。

自身の感情に破綻を起こさず彼の妹であり続けるために、無意識の内に成長を止めた。彼女の中にある鬼の血がそうさせたのだろう。自然の摂理に逆らう程に、鈴音の想いは強かったのだ。

「やだな」

けれど、いくら幼子のままあり続けようと、いずれ兄は白夜と結ばれる。甚太が自分を捨てる訳ではない。彼はどんなになっても、自分の味方でいてくれると確信がある。けれど、きっと今

のままではいられない。その未来がたまらなく苦しく、同時に仕方ないとも思う。
ほんとうはずっといっしょにいたいけど。にいちゃんが笑ってくれるなら、それでいいや。
繰り返すが、甚太以外の人間など鈴音にとってはどうでもいい。
遠い雨の夜、一人泣くことも出来ず佇んでいた。
父に捨てられ、帰る場所を失くした。
そんな自分に、兄は手を差し伸べてくれた。
あの人の手が、救ってくれた。
だから、甚太が幸せならば「ずっといっしょにいたい」という自らの願いさえ、どうでもよかったのだ。
鬱屈とした感情を持て余し、力なく畳の上を転がる。しばらくそうして時間を過ごしていると、がらりと玄関の引き戸が開いた。
「にいちゃん！」
喜色満面、やっと帰ってきた兄を迎えようと大慌てで玄関に向かう。
そうして鈴音が見た先には、当たり前のように、
『はじめまして、お嬢ちゃん』
一匹の鬼がいた。

7

『あたしが見た景色では大人の女性って感じだったけど、まだちっちゃいのねぇ』

玄関先に鬼がいる。非常に違和感のある光景だが、鬼女には大して気にした様子もない。じろじろと鈴音を見回して観察している。

『でも安心して。あたしの〈遠見〉は正確よ。今に鈴音ちゃんは、とても綺麗な女性になるわ。ここのお姫様なんて比べ物にならないくらいね』

「……おばさん、誰？」

妙に馴れ馴れしい鬼女。こちらの名前や白夜の容姿まで把握しているのは、つまり下調べは済んでいるということ。それだけでも怪しい輩だ。

いきなり現れて好き勝手に振る舞う鬼を警戒して、鈴音はじりじりと後ろへ退いた。

『誰がおばさんですって……くらいは言うところでしょうけど。お嬢ちゃんから見たら百年以上生きてるあたしは、十分おばさんよねぇ。これでも、あいつよりは若いんだけど──』

愉しげにくすくすと笑う鬼女は、人ならざるあやかしだというのに奇妙なくらい邪気がない。こちらに危害を加えようとはせず、喋る調子もやけに軽かった。

そのせいだろう。鬼を相手にしているというのに、警戒こそすれど逃げ出そうという気にはならなかった。

『ねぇ、お嬢ちゃん。あたしが何者だか分かる?』

「鬼……」

『そう、貴女と同じ。あたしたちは仲間よ』

「違う。すずは……人だもん」

そうありたいという気持ちを込めて嘘を口にする。鬼だからこそ父に虐げられた。鬼だからこそ友達と一緒にいられなかった。とうの昔に受け入れていた。けれど人であると思いたかった。鬼であってもいつも傍にいてくれた、いつだって守ってくれた兄の為に、そうありたいと願った。

『そう……お兄さん、いい子なのね』

馬鹿なことを言っていると、自分でも思う。なのに鬼女は嘲るような真似はせず、漏らす吐息も温かい。

「え?」

『だって、人でありたいと願うのはお兄さんの為でしょう? 貴女がそう思えるように、これまでお兄さんが守ってきたのなら、それはとても凄いと思うわ』

「……うん!」

思わず返事が弾んだ。

怪しいのは間違いなく、企みはあって然るべき。集落にとっては敵以外の何者でもない。だけど、誰からであれ、大好きな兄が褒められるのは嬉しかった。

『そんなに、お兄さんが好きなのね』
『……にいちゃんはね、すずのすべてだから』
軽やかに語られた心の内には、幼さに見合わぬ重さがある。いつだって、手を差し伸べてくれた。比喩ではない。鈴音にとっては、掛け値なく甚太が全てだった。
『ちっちゃくても女の子ね』
そこに込められた意を察したのか、神妙な面持ちで鬼女は俯く。
ただ、それも一瞬。顔を上げた時には、先程の暗さは微塵もない。鬼女は意図を隠すような張り付いた笑みを浮かべ、軽薄さを保ったままでいる。
『でもね、そんなお兄さんを傷付ける人がいるの。お兄さんのために、貴女の力を貸してくれないかしら？』
『すずの、力？』
『ええ、少し付いて来てくれるだけでいいの。大丈夫、鬼は嘘を吐かない。決して貴女に危害は加えないわ』
自分に力を貸してくれと差し出された手。鬼ではあるが女性のもの。ほっそりとした綺麗な指に、削がれた警戒心が蘇る。
『行かない』
『なぜ？』

「すずに危害を加えなくても、にいちゃんに対しては分からないから」

敵意を向ける訳ではないが、当たり前のように手は取らない。もっとも、拒否されるのは想定のうちだったのだろう。どうすれば信じてもらえるのかも、鬼女はちゃんと考えて準備してきていた。

『そう……じゃあ、これでどう？』

口の端を吊り上げ、差し出した方とは反対の手、伸ばした人差し指の先で鈴音の額にそっと触れる。

いったい何を……と慌てる暇もなかった。

触れた指先から伝わる熱。同時に、流れ込んでくる何か。それは頭の中で形を作り、一つの映像となって網膜に焼き付けられる。あまりに非現実的なその光景に、鈴音は悲鳴さえ上げることが出来なかった。

脳裏に映ったのは、兄以外の男の前で、自ら着物を脱ぐ白夜の姿。とっさに弾かれたように鬼女から離れる。しかし、思考は鮮明に映し出された、よく知る女性のふしだらな行為に搦め捕られていた。白夜は自ら、兄ではない男に体を開こうとしていた。男の姿は、鈴音もどこかで見たことがある気がした。

信じられない、信じたくなかった。

わなわなと震える。

「なに……今の」

『私の力は〈遠見〉。今のはその応用よ。自分の見た景色を、ほんの一瞬だけど他の誰かに見せ

「そんなの聞いてない！　あれは、あれ、は……」
『勿論、幻覚なんかじゃないわ』
鬼女は嘲笑と共に語る。お前が見た光景は、兄の想い人が他の男と不義を交わそうとする姿は、掛け値のない真実なのだと。
「嘘……」
『信じられない？　なら確かめに行きましょう』
変わらず手は差し伸べられたまま。
鈴音は迷った。迷ってしまった。
鬼女は嘘を吐いているのかもしれない。けれど、もしかしたら……刻み込まれた僅かな疑念。兄が関わることだからこそ、不安や焦燥は火傷のように、じくじくとした痛みを伴う。
白夜が、幼い頃を共に過ごした白雪が、そんな真似をするとは思えない。
結局のところ彼女にとっては、
『お兄さんの為よ』
それだけが全てで。
「にいちゃんの……」
戸惑いはある。だが、鈴音が迷っている間、鬼は一度もその手を引っ込めなかった。だから迷いながらも、自然とその手を取っていた。

今まで手を繋いでくれたのは、兄だけだった。

その様を見て、鬼女は少しだけ後悔した。
迷いながらも兄の為に手を取る鈴音。

『もし人と鬼が、みんな甚夜くんと鈴音ちゃんみたいになれたなら。あたし達もこんなことせずに済んだのかもね』

社の本殿、御簾の奥に白夜はただ立ち竦んでいた。
既に辺りは夜の帳が下りて、社殿に置かれた行灯の光だけが座敷を照らしている。日が落ちて随分経つ。しかし、甚太はまだ帰ってこなかった。

「甚太……」

いくら彼の強さを知っているとはいえ不安が拭えない。もしかしたら不覚を取ったのでは。動けない状態にいるのではないか。そう思うと居ても立ってもいられず、出来ることなどある訳もなく、呆然と立ち尽くし視線をさ迷わせる。

ふと目に映ったのは御神刀、夜来。

意識もせず手を伸ばし、通常の刀よりも重量のあるそれをゆっくりと鞘から引き抜いた。肉厚の刀身。行灯の光を鈍色の刃が映している。意味のない行為ではあったが、武骨な輝きに

夜来は、そもそも古い刀匠が妻の為に造ったものだとされている。刀匠は初代のいつきひめ「佳夜(かよ)」の父。葛野でも随一の鍛冶師で、自身の打った最高の刀を妻へ贈ろうとした。しかしながら、完成よりも早く妻は逝去してしまった。結果、担い手を失くした夜来は御神刀として社に奉納され、以後は娘である佳夜とその子孫が大切に守り、今に至るのだという。

愛する妻へ渡せなかった贈り物。真偽は定かではないが、いつの時代にも悲恋というものは存在するのだと思えば、ささやかながら慰めにはなるかもしれない。

下らないことを考えるものだと、白夜は独り自嘲した。格好をつけて彼と決別したくせにいなんて未練がましいのだろう。ざわめく心を抑え、刀を再び元の場所に戻す。後には溜息しか出てこなかった。

多少はざわめきも落ち着いたような気がした。

「よう」

しばらく何をするでもなく時を過ごしていると、乱雑に御簾が開けられた。

そこにいたのは甚太よりも少し小柄な、整った顔立ちの男。もう一人の巫女守にして、いずれは夫となる相手である。

「清正……どうしたの?」

胸の痛みを誤魔化し、普段通りを演じる。

どうやら上手くできたらしい。特に気付かれた様子はなかった。

「いや、護衛っつっても、今日は集落の男が社についてるから暇なんだ。退屈だから相手をして

「もらおうと思ってよ」

清正は巫女守だが、いつも砕けた調子で話しかけてくれる。甚太に対する態度は何とかしてほしいと思うが、こういうところはそんなに嫌いではない。

「相変わらずだね。今日は何？　新しい本？」

気遣ってくれているのだろう。そう思い胸中の不安を隠し微笑むも、反応は想像したものとは違った。唇を噛み、顔を顰めたかと思えば、ほの暗い視線を向けてくる。

「そうじゃねぇよ」

乱暴に肩を掴まれ、力任せに壁際まで押し込まれてしまう。

一瞬、何をされたのか分からなかった。こちらの動揺などお構いなしに体を寄せてくる。吐息がかかるほど近くなった距離。その意味に気付かぬはずがない。

「やっ、やめ」

逃げようともがくが、両の手首をしっかりと握り掴まれ、上方で固定されてしまった。

にやりと、清正の口元がいやらしく歪む。

「未来の夫が『相手をしてもらう』って言ったら、当然こういうことに決まってんだろ？」

片手で拘束したのは、残った方を自由に使う為。ごつごつとした男性の手で肢体をいじられる。触れてほしくない。ああ、違う。あの人にだけ触れてほしかったから、心を踏みにじるような無遠慮な手つきが、ひどく不快だった。

清正のことは決して嫌いではない。なのに気持ち悪い。

「な……こんな時に何を！」

「こんな時だからだよ。甚太がそこいらの鬼に負ける訳ねぇだろ。心配するだけ無駄だ。あいつはあいつの役目を果たすんだから、俺は俺の、そんでお前はお前の役目を果たさねぇとな」

役目とはつまり、子を成すことを指しているのだろう。清正との婚姻は、次代のいつきひめを産むための政略。だから「こういうこと」も織り込み済み、覚悟はしていた。

びくりと体が震えた。

「それ、は」

「最初から、お前だって分かってたんだろ？」

そうだ、最初から分かっていた。

分かっていて婚姻に同意したのだ。

だけど何故、今なのか。彼の無事を祈るのさえ私には許されないのか、そう思ってしまった。初めに裏切ったのは自分だ。あるいは想うなど、罪深いことなのかもしれない。だとしても、彼が命懸けで戦っている最中に他の男と肌を重ねる、そんなはしたない女ではいたくなかった。

「やめてよ……お願い。せめて甚太の無事が分かるまでは」

「俺はむしろ、あいつのために言ってんだけどな」

必死の懇願を、清正が鼻で嗤う。

「じゃあ聞くが、それでいいのか？　子を作るのは決定事項。だが、お前はいつきひめ。何をするにも護衛が傍に控える。当然、俺とお前が夫婦になって、正式に同衾する時も護衛はいる訳だが、その時は誰が付くんだろうなぁ？」

166

心の軋(きし)む音を聞いた。
　清正と閨(ねや)を共にして子を孕(はら)む。それは既に集落の総意である。行為の際も護衛は必要であり。その時に控えているのは……。
　――ああ。なら、やっぱり俺は、巫女守としてお前を守るよ。
　間違いなく、彼なのだ。

「あ…ああ……」
　決意はあった、覚悟もあった。しかし想像力が欠けていた。彼以外の誰かと結ばれる未来は想像しても、彼の前で誰かに抱かれるなど考えてもいなかった。
　弱いところを突かれて、白夜の顔から一気に血の気が引いた。
　いつきひめとしての所作など忘れ、ただの白雪に戻ってしまっていた。

「ま、お前があいつに喘(あえ)ぎを聞かせたいってんなら別にいいけどな。もしかして、そっちの方が興奮する性質(たち)か？」

「っ、貴方は……！」

「だから言ったろ？　こんな時だから、なんだよ。あいつがいなくて、護衛の必要のない今がいいんだ……うまくいきゃ、一晩で済む」

　諦めにも似た、気怠(けだる)い訴え。いつの間にか好色そうにやつきが消えている。代わりに顔に浮かんでいるのは、痛みに耐えるような苦渋の念。

「清、正？」

「お前だって、そっちの方がいいだろ。まぁ、決めんのはお前だ。好きにしろよ」
意味が分からなかった。無理矢理襲いかかっておきながら、明らかに彼は、その行為が不愉快だと苛立ちを覚えていた。
白夜とて鈍くはない。自惚れでなければ、清正は好意を向けてくれている。少なくとも憎しとは思っておらず、甚太に対する棘もその表れ。だからこそ、今回の婚約だって推し進めてきたのだろう。だというのに、まるで「そういう関係になる」ことを忌避するような振る舞い。
白夜には、清正の意図が読めない。
心を覗こうと見詰めても、瞳の奥は靄がかかっていて、何も汲み取れない。
だが、一つだけ分かっていることもある。
粗雑にいじられ嫌悪もしたが、彼が語るのは紛れもない真実だ。先延ばしにしても、いずれは清正と肌を重ねなければならないことも。甚太が閨を共にする時の護衛となることも。……それに、白夜が耐えられないことも。すべて、真実だった。
「……放して」
「おう」
逃げようともがいていた体からは、すっかり力が抜けていた。もう抵抗する気はないと悟ったのだろう。清正は素直に拘束を解く。
「悔しいけど、貴方の言う通りだね」
柔らかな語り口には、しかし感情が乗り切らない。

「私は葛野の為に、この道を選んだ。なら、そこから逃げちゃいけなかったのかも」

それでも選んだ道なのだと、葛野の為と敢えて口にする。なのに、どれだけ自分に言い聞かせても、あのぶっきらぼうな声がまだ聞こえている。

──済まなかった、白雪。もう少し気遣うべきだった。

淡々と、けれどいつも大事に想ってくれていた。

──お前の強引さには敵わん。

いつだって我がままを受け入れて。裏にあるものを見逃さず、寄り添ってくれていた。

──その時には、俺が、お前を守るから。

いつきひめになる。自らの想いを捨てて、巫女として生きると決めた。そんな幼い愚かな誓いを彼だけが尊いと、美しいと言ってくれた。

──選ぶから。甚太は、いつか私のことを──

そして、幼い頃に交わした、叶わなかった約束。

「やだなぁ……私って、こんなに」

こんなに、彼が好きだったんだ。

今更ながらに思い知る。震える心を辿れば、いつも彼の姿がある。なにを思い出したって、甚太との日々は、白夜の、白雪の全てだった。

の不器用な優しさが。それくらいに甚太との

けれどもう戻れない。

恋慕は今も胸に。これからも共にありたいと、願いはまだ消えてくれない。でも、生き方は曲げられなかった。そこに後悔などあるはずもなく、しかし白夜は自身の選択にこの上なく責め立てられていた。

「だけど」

 するり。寒々しいまでに静かな本殿では、衣擦れの音がやけに大きく聞こえる。すとんと緋袴（ひばかま）が落ちて、次いで白衣に手をかける。たたむのも億劫だ。そのまま畳敷きの座敷へ放り投げる。順々に脱ぎ捨て、身に着けているものは襦袢（じゅばん）のみとなった。華奢（きゃしゃ）で繊細な肢体が襦袢越しに薄らと透けている。

「私は、いつきひめだから」

 巫女であることからは逃げられない。巫女であることを尊いと言ってくれた、彼の想いを裏切るような真似だけは、何があっても出来ない。

「ありがと、清正。気を遣ってくれたんだよね？ お礼って訳じゃないけど、心はもう彼に渡しちゃったから。残った体は貴方にあげる」

 葛野の為に、一番大切なものを切り捨ててきた。ならば、これは受け入れなくてはならないこと。こういう状況を作った清正には、感謝せねばなるまい。

 白夜は静かに微笑んだ。心の内は、揺らぎや後悔なぞ微塵（みじん）もなかった。

「なんで、お前らは……」

 全てを受け入れると示した白夜を見る清正の顔は、ひどく歪んでいた。卑しいものではない。

痛みをこらえる子供のような頼りなさ。とても女に襲い掛かった男のする表情ではなかった。
「違う、違うんだ、俺は……俺はただ……俺が望んだものは」
あやふやな感情を吐き出すように何事かを呟き続け、言葉をなくした後には嗚咽だけが残る。
清正の心中は汲み取れない。けれど縋るような、許しを請うようなその姿に、白夜は困惑しながらも手を伸ばし。
「ああ、よかった。ぐっどたいみんぐってヤツ？」
突如、差し込んだ冷たさに動きを止められた。
背筋が凍った。振り向けば、薄暗い社に浮かび上がる影。
気付かなかった、いつの間に侵入したのか。社の隅に女が一人、くだらないものを見るような眼で、白夜達を眺めている。
泣き崩れそうになっていた清正が一度目元をこすり、表情を引き締める。座敷にあった夜来を手にすると、白夜をかばうように前へ出た。
「何者ですか」
「実際あれよねぇ、あの子も報われないわ。命懸けで戦ってるのに、その裏で想い人が他の男とよろしくやってるんじゃね」
多少衣服を直し、白夜は気丈に振る舞い眼前の女を睨め付けた。それが滑稽だとでも言うのように女がせせら笑う。
『想い人以外の男に股を開こうとしていたあばずれが、何を格好つけているのかしら。見ればわ

かるでしょう、お姫様』

三又の槍を支えにして立つ、雪輪をあしらった藍の着物をまとった女。その肌は青白く、目は鉄錆の赤をしていた。

「鬼……やっぱ白夜が狙いって訳かよ」

懸念は的中していた。甚太を葛野から引き離し、その隙にもう一匹の鬼がいつきひめを襲う。おそらくは端からそれが目的だったのだろう。

しかし、その考えはすぐさま否定される。

『ちょっと違うわね。お姫様はここで死ぬ、でもそれはあくまでもついで』

鬼女は酷薄な態度を崩さない。表情こそ笑っているが、赤い目には侮蔑がありありと映し出されていた。

『にしてもコトに及ぶ前でよかったわ。さすがにそこまでいくと、この娘に見せる訳にはいかないものね』

「この娘……？」

白夜は鬼女の要領を得ない喋り方に戸惑い、僅かに顔をしかめた。いったい、何を言いたいのか。先程から訳の分からないことばかりだ。けれど「この娘」とやらが誰を指しているのかだけは、すぐに分かった。問おうと思ったその時には、鬼女の陰から幼子がゆっくりと姿を現していたからだ。

右目を包帯で隠した六、七歳くらいの赤茶がかった髪をした幼げな娘。その娘は、白夜にとって見慣れた容貌をしていた。

「すず、ちゃん……？」

がん、と頭を殴りつけられたような気がした。

鈴音の登場は、それほどの衝撃だった。なんでこの娘が、ここにいるのか。何故鬼と一緒に。もしかして鬼をここまで手引きしたのは……。この娘は鬼の血を引いているが、まさか、そんな。

ぐるぐると思考が巡る。

「ねぇ、ひめさま。なんで？」

多くの疑問をぶつけようとして、しかしそれよりも早く鈴音の方が問う。

「にいちゃんは命懸けで戦ってるよ？　葛野の皆のために、すずのために。でも、本当は……一番、ひめさまのために。なのに、なんで？」

眼差しは、あどけない容姿には見合わないほどの蔑みに満ちていた。冷たい、汚物を見るような濁った眼差し。だから分かる。この子は、白夜を心底下劣な女だと軽蔑し切っている。

何か言わないと。出来るだけ普段通りの語り口に聞こえるよう、精一杯自分を取り繕う。

「私は、いつきひめだから。役割を果たすために彼と、清正と結婚するの」

情けない台詞だった。

馬鹿らしい、そんな戯言が一体何になるというのだろう。

事実、意味はなかった。

鈴音が目を見開き、清正の姿を確認する。瞬間、昏い光が灯り、もう一度白夜の方を向いた時には、宿る感情は侮蔑を超えて憎悪へと変貌していた。

「なに……それ。にいちゃんが命懸けで戦ってるのに、他の男の人と寝るのが、そんなに大切なの？」

「ちがっ……」

否定しようとして、口を噤む。放たれる圧力が大きくなった。未だ幼子の域を出ない女童に、この場にいる誰もが気圧されている。

「ひめさまは、にいちゃんが好きなんだと思ってた。でも、本当は男の人なら誰でもよかったんだね」

「違うっ！」

それだけは絶対に違う。彼を裏切ってしまった。でも、この想いだけは否定してほしくないと、戦きながらも白夜は必死に喉を震わせる。

「じゃあなんでっ！」

鈴音もまた、感情を抑えることなく吐き出す。叫びは引き裂くように苛烈で、なのにどこか弱々しい。憎悪に目を濁らせながら痛苦に喘ぎ、少女は今にも泣き出しそうだ。

「なんで、ひめさまは。私は、何の為に……」

溢れ出す、隠していた本音。

「幸せならって、そう思ってた。どれだけ辛くても、苦しくても、にいちゃんとひめさまが結ば

れたなら、心から祝福したっ」

語る内容にはまとまりがない。取り出した感情をそのままぶつけるような、粗く拙い、想いの吐露だ。

「それで、にいちゃんが、幸せになれるなら。そう思えばこそ、あの人の手が、他の誰かに触れたって耐えられた……なのに、なんでっ」

震える肩に、噛み締めた唇に、鈴音の真実が滲んでいた。

「すずちゃん……」

白夜は、ようやく理解する。

同じ女なのに、同じ人を見ていたのに、ずっと気付けなかった。この娘は多分、最初から自分と同じ気持ちだったんだ。でも、そんな素振りは決して見せなかった。妹として兄に甘えることはあっても、男女のそれを匂わせるような甘さではなかった。無邪気な振る舞いの裏にある意味。見過ごしてきた自分が許せない。

「そっか。すずちゃんはずっと、甚太の妹でいてくれたんだね」

鈴音が、鬼の血を引いていると知っていた。成長しないのは鬼だからなのだと、分かったつもりになっていた。しかし、その考えは間違いだった。

鈴音は鬼だから成長しなかったのではない。多分、この娘は、鈴音だからこそ成長しなかったのだろう。外見が昔のままでも中身まで幼い訳ではない。なのに、この娘は「幼い妹」であり続けた。自分を「すず」と呼び、ことさらに幼く振るまい、成長を止めてまで甚太の妹という立ち

位置に甘んじた。
今ならその意味が分かる。
彼女は本当に彼が好きだったのだ。だから妹でいることを選んだ。自身の想いを押し込めて、兄妹という枠からはみ出ないように気遣い、甚太と白夜が結ばれる未来を願っていてくれた。他ならぬ、あの人がそれを望んでいたから。嫉妬だってあったはずだ。でも、白夜が相手ならば、きっと幸せになれる。そう思えばこそ兄の為に、彼の願いを邪魔しないように、女ではなく妹として無邪気に笑い続けてきたのだろう。
「貴女なら、まだ我慢できると、思って、なのに……っ!」
なのに裏切ってしまった。
少女の願いを、愛しい人との未来を、全て捨て去って白夜はここに立っている。
引き返す道なんてどこにもない。
「ごめんね。何を言われても、この生き方だけは曲げられないの」
母が守り抜いた、彼を受け入れ育ててくれた葛野の地を、今度は自分が守る為に。愛しい人を裏切り、幼馴染の気遣いを踏みにじり、一体何をしているのか分からなくなってくる。けれどここで変節してしまえば、それを尊いと言ってくれた彼の想いを汚してしまう。
そうだ、生き方は曲げられない。
何もかも駄目にしてしまったが、甚太のことだけは捨て切れなかった。
「私はいつきひめ。もう、他の何者にもなれない」

白夜は思う。愚かな誓いを掲げた不義理な女を、彼は美しいと言ってくれた。ならば、たとえ結ばれることはないとしても、せめて最後まで彼が好きになってくれた自分でありたい。それだけが、恋い慕う者へと示せる唯一だと信じている。
「火女として葛野の為に生きる。それだけが、彼の想いに報いる道だと思うから」
　そこには揺らがぬ決意があって。しかし、なにより、それがいけなかった。
「なに、それ」
　葛野の為に――その一言を聞いた瞬間、鈴音の顔付きが変わった。
「私の欲しかったものを全て手にしておきながら、それをどうでもいい誰かの為に捨てる？ よくも、そんなことを……」
　甚太の為ではなく、葛野の為に。その物言いこそが癪に障ったのか、ぴたりと鈴音の震えが止まった。かきむしるような乱雑さで右目の包帯を取り払ったかと思えば、露わになった赤い瞳が白夜を射抜く。
「はっ、あははっ。どれだけ、馬鹿にすれば気が済むの？」
　色々なものを諦めてきた鈴音からすれば、他者の為に幸福を捨てる白夜の生き方は、富める者の傲慢にしか映らなかったのだろう。その上、捨てるものが大好きな兄なら、なおさらに許せるはずがない。
「私は……」
「いい加減、その不愉快な口を閉じろ」

幼さを感じさせない、酷薄な一言に弁明も封じられる。もはや鈴音からは、どす黒いまでの情念しか読み取れない。
──憎いと。ただ憎いと。殺したいほど憎いと。殺すでは温い。臓物を引きずり出し目玉をくり貫き脳髄をぶちまけ死骸をすり潰しその魂を焼き尽くし。それでもなお、飽き足らぬ程に。ただひたすらに白夜が憎いと、声に出さずとも赤い瞳が語っていた。
『ね、私の言った通りだったでしょう？　このお姫様は悪い女なの。だから、お兄さんの為に頑張りましょう』
今迄黙していた鬼女が鈴音の耳元で囁いた。人の心の隙間につけ込む。それはいつの世も変わらぬ、あやかしの業だ。
「お前っ……！」
『あら、間男が何か言っているわ』
「聞くな鈴音ちゃん！」
どれだけ訴えようが、清正の叫びは届かない。鈴音は視界に入れるのもおぞましいとでも言うかのように、目を向けることさえしない。
『鈴音ちゃん、許せないわよね？』
その分余計に、鬼女の囁きに没頭していく。
甘く優しい語り口は、まるで毒のようだ。幼い鈴音は鬼女の思うがままに誘導される。
『あなたの大好きなお兄さんに想われてるくせに、他の男と寝ようとする売女なんて。裏切って、

傷付けて。でも、あの女はのうのうと守られるの。何も知らずに戦うお兄さんを陰で哂いながら』

誘導されたとしても、抱く憎しみは紛れもなく鈴音の内から生まれたもの。目に宿る憎悪の灯は、誰の目にも明らかだった。

『ま、お兄さんは真実を知ったとしてもお姫様を守るんでしょうけど。そこら辺は鈴音ちゃんの方がよく分かってるでしょう？』

そして鬼女が、とどめを刺しにきた。

『考えましょう、お兄さんの為に何が出来るのか』

『なにが、出来るのか』

『ええ、あんな糞みたいな女のために、お兄さんが傷付くなんて嫌でしょう。なら、考えないと。お兄さんにとって一番の選択はなにか』

僅かな逡巡もなかった。

憎しみの汚泥に浸かり切った鈴音は、いとも容易く答えを導き出す。

『こんな女、いなくなればいいと思わない？』

それに気付いた時、幼子は幼子ではなくなった。

「え……」

漏れたのは誰の驚愕だったろう。

突如の変化に白夜達は戸惑いを隠せない。ほんの数秒前までは幼い娘の姿をしていたのに、

瞬きの間だけ黒い瘴気が鈴音を隠したかと思えば、次の瞬間には見知らぬ女がいた。

女は眼を伏せたまま、だらりと力を抜いて立つ。赤茶がかっていた髪は緩やかに波打つ眩いばかりの金紗に代わり、踵にかかるまで伸びていた。年の頃は十六、七といったところか。身長は五尺ほどになり、まだ少女と呼べる外見でありながら豊満な体つき。まるで瘴気をそのまま衣に仕立て直したような、淀んだ黒衣をまとった女は気怠げにゆっくりと顔を上げる。

うっすらと開いた瞳は、血染めの緋色。細い眉と鋭い目付きが冷たい印象を抱かせる、刃物の鋭利さを秘めた美しい女だった。

「すずちゃん、なの?」

答えは返ってこなかったが、彼女が鈴音であることは理解できた。髪の色という相違点こそあるが、顔立ちには面影が残っている。順当に成長していたのならば、おそらく今のような美しい娘になっていたのだろう。

「ねぇ、ひめさま」

名の通り、鈴の音を想起させる澄んだ響き。涼やかな風のような心地よさに、白夜は一瞬だが心を奪われたことに気付く。語り口は幼いまま。無邪気なまま、鈴音は軽やかに言の葉を紡ぐ。

「……死んで?」

緋色の宝玉がゆらりと揺れる。もはや右だけではなく、両の瞳が赤く染まっていた。

「白……!」

『あーら駄目よ、色男さん。女の喧嘩に男が出ちゃ』

白夜を守ろうと清正が飛び出すが、それより早く鬼が動く。舌打ちと共に清正が宝刀、夜来を構えた。鍔に手をかけ鯉口を切り、一気に抜刀……。

「え……」

が、刀が抜かれることはなかった。刀身は鞘に収められたまま。茫然としている清正に向かって、鬼女が左足を軸にして体を回し、脇腹に蹴りを叩きこんだ。

「ぐぁっ……」

清正の体が宙を舞い、座敷から本殿の板張りの間まで簡単に吹き飛ばされた。
だが、苦悶の表情を浮かべながらも、清正はすぐに体を起こす。

『へえ、意外と頑張るじゃない。でもあなたでは無理よ』

抜刀しようとがちゃがちゃと音を鳴らす。致命的な隙を鬼が放っておく訳がない。間合いを詰めた鬼女は清正の右腕を掴み、ありえない方向へと力を込めた。

心意気では覆せぬ差というものがある。

「いあ、いぎゃあ!?」

ぽきり、という音と共にへし折れたのは骨か心か。清正が激痛に膝から崩れ倒れ込めば、鬼女が間髪を容れず腹をつま先で蹴り上げる。なす術もなく無様に床へ転がされた。今度は、立ち上がることはできなかった。

何もできないでいる清正を尻目に、鬼女は無造作に転がっていた夜来を拾い上げる。集落の宝

刀。興味から刀を抜こうとしたようだが、やはり鞘が音を鳴らすだけで終わった。
『おかしいわね。あたしじゃダメなのかしら。もしかしたら選ばれた者にしか抜けないとか、そういうヤツ?』
ぶつぶつと訳の分からないことを言いながらいじくり回し、飽きたのか諦めたのか、鬼女はそれを鈴音に投げ渡す。
『はい、お嬢ちゃん』
鈴音が雑に掴み取る。表情は変わらない。ただ冷たく、意を問うように視線を鬼女へ向けた。
『折角だから、それを使ってあげなさい。私が見た通りなら、多分貴女は使えるはずだから。自分が今まで崇めてきたモノで殺されるなら、お姫様も本望でしょ?』
それじゃ、あたしはこの子を外に捨ててくるわ。二人っきりにしてあげる。そう言って清正を担いだままどこかへ行ってしまう。
舞台は、これで整った。
社に残された二人。
鈴音が鞘に収められた夜来を見ながら、不穏な呟きを落とす。
「……面白そう」
しなやかな指が武骨な太刀の柄に触れる。さほど力を込めずとも夜来は抜き身を晒し、白刃が光を放つ。瞬間、立ち眩みを起こしたように、ゆらりと鈴音の体が揺れた。
口の端は憎々しげに、けれどどこか嬉しそうに吊り上がる。誰かを傷つける手段を手にしたせ

いで、殺意が明確になったのだろう。一歩一歩、ゆっくりと近付いてくる。その歩みが白夜には、真綿で首を締めるように感じられた。

「すずちゃん……」

白夜は怯えていた。

この娘は、かつては同じ屋根の下で暮らしていた幼馴染は、自分を殺そうとしている。恐怖を覚えるのは、迫り来る死に対してではない。いつきひめになると決めたその日から、既に命など捨てている。心が慄くのは、死が迫るからではなく、殺そうとにじり寄るのが彼の妹だからだ。甚太と白雪と鈴音。三人はいつだって一緒で、本当の家族だったはずで。なのに、あの娘が向ける憎悪は紛れもなく本物だった。

それが怖い。かつて信じた美しいものが、何の価値もなかったのだと言われたような気がして、たまらなく怖かった。

「じゃ、ひめさま」

立ち止まった鈴音は、蔑みに満ちた目で白夜を見下す。

そのまま切っ先を突き付け。

「にっ、と。鬼となった女は嗤った。

「さよなら」

8

意識が混濁している。

何かが混じって、濁っている。

自分が自分でなくなるような錯覚。溶け込んだ何かが急き立て責め立てる。熱くて冷たく整然とばらばらに。飛び散った自己は形にならない。

『人よ、何故刀を振るう』

誰かが囁いた。

返す答えは他が為に。守りたいと思えるものがある。だから刀を振るってきた。それは紛れもない本心で。なのに誰かは、ただ憐れみを注ぐ。

何故、そんな眼で、お前は見るのだ。

『許せよ、我等は宿願の為にお前達兄妹を利用する』

待て、それはどういう意味だ。

『せめて餞別をくれてやる。必要になる時も来るだろう』

お前は何を言っている。

問い詰めようにも今の自分には体がない。声は出せない手も動かない。ただ、己だけが波間で揺れる。

結局、その誰かは何も言わず黒い光の中へ消え去った。何を告げたいのかは分からなかったが、そいつの意思が、存在が完全に自分の中からいなくなったのだということは確信できる。
　そして、意識が白い闇に溶けた。

「う……あ……」
　ひんやりと冷たい地面の感覚に甚太は目を覚ました。
　なにか、奇妙な夢を見ていた気がする。
　朦朧とした頭を振れば、意識がはっきりしてくる代わりに、夢の切れ端もどこかへいった。所詮は夢、そんなものだと、重い体をどうにか起こして立ち上がる。
「ここは」
　見回せば、そこは光の無い洞穴。鬼が用意したであろう数本の松明からは火が消え、辺りは暗闇に包まれている。だが、相変わらず卵の腐ったような気色の悪い匂いが漂っている為、そこが洞窟の中だと容易に知れた。
「なんとか、生きている、か」
　次第に目も慣れ、改めて周囲を見渡すが鬼の死骸は既にない。首を掴んでいた腕もだ。どうやら、こちらの息の根を止めるよりも早く鬼は絶えたらしい。おかげで、こちらは命は繋がったようだ。

「そうだ、鈴音……！」

安堵も束の間、脳裏を過ぎる鬼の遺言。奴らの狙いは白夜ではなく鈴音だ。まずい、急いで戻らなければならない。ただ一人の家族。一緒にいてくれればいいと、何も出来なかった自分を必要としてくれた大切な妹を守る。それもまた、自身が刀を振るう理由だ。体は無傷、どこにも痛みはなかった。これならもう一匹の鬼を相手にするくらいはできる。刀を失ってしまったが、それは後で考えればいい。今はただ葛野へと向かわねば。

嫌な想像に急き立てられて、甚太は葛野への道を戻る。

明かりの消えた洞穴の中は暗く、先は見通せなかった。

無傷、と。それに、なんの疑問も抱かなかった。

森の奥、湿った土を踏み締め葛野へ続く獣道をただ走る。日没は随分前、木々の切れ目の向こうでは星が瞬いていた。どうやらかなり長い時間、気を失っていたらしい。自分の迂闊さに嫌気がさし、下唇を噛む。

鈴音は無事だろうか。今宵は白夜を警護するため、集落の男達が社についている。逆に言えば、社以外は手薄になっているはずだ。嫌な予感が拭えない。

「無事でいてくれ」

祈り、ひたすらに走る。その速度は自分でも驚くほど。息も切れず、疲れもなく。体は未だかつてないくらいに調子がいい。

木々の間を抜け、辿り着く葛野の地。脇目もふらず自宅へ。薄暗くどこか不気味な雰囲気を醸し出す慣れ親しんだ集落。次第に藁を敷き詰めた屋根の、昔ながらの造りの家が見えてきた。

「鈴音っ！」

乱暴に引き戸を開け、草鞋も脱がずに入り込む。

が、そこには誰もいなかった。

不安が膨れ上がる。いったい、鈴音はどこへ行ったのか。家の中は荒らされた様子がない。と すれば鬼にさらわれた訳でもないだろう。ならば、自分の意思で外に出た？　いや、そもそも妹 はあまり外出をしない。赤い眼を、成長していない姿を見せないよう基本は家に引き籠っている。 そんなあの子が、時折ではあるが行く場所と言えば……。

「社か」

思い当たったのはその程度。白夜の無事も確認せねばならない。どちらにしても、一度社へは 行かねばならぬだろう。

ここからはそう離れていない。一縷の望みを託し、社へと向かう。

焦りに背を押され、一心不乱に駆け抜け。辿り着いた鳥居、あまりの惨状を前にして、甚太の 足が止まった。

「なんだ、これは……」

ごくりと息を呑む。濃密な血の匂いに立ちくらみを起こす。

社の前には十を超える死体が転がされている。引き千切られた肉、砕かれた頭蓋（ずがい）。見るも無残な光景に動揺を隠せない。狭い集落だ。死骸は見た顔ばかりだった。
　――巫女守様、いい人がいたんですねぇ。浮いた話の一つもないから、結構心配してたんですが。
　――いやはや。甚太様もそういうお歳になりましたか。小さな頃を知っているだけに、感慨深いですなぁ。
　集落に流れ着いた兄妹を受け入れてくれた優しい人達が、無残に肉を裂かれ血も臓物も垂れ流し、ただの物体として転がっている。
「巫女守様……」
　折り重なる死骸の中に一人だけ、死の淵にありながらどうにか生きながらえた者がいた。近寄り体を抱え起こすが、生きているといっても辛うじて。腹を抉られ眼球も潰れ、なにより出血が酷い。もう僅かばかりの命だろう。
「いったい何が」
「あ、あ。す、すずねちゃんが」
「鈴音が？」
「鬼と」
　一言。たったそれだけを残して力尽きた。
　死体となった男をゆっくりと地面へ下ろし、数秒だが目を伏せ黙祷（もくとう）を捧げる。

188

甚太は、地面に転がる刀を拾い上げた。鬼がこの先にいるのならば素手では話にならない。とはいえ新しい刀を探している時間もない。

「済みませんが、借ります。弔いはまた後で」

短い謝罪、そのまま社殿へと向かう。

目指す場所はすぐそこにある。

迫る木戸、開けるのも面倒くさい。勢いのまま蹴破り、一気に本殿へとなだれ込む。死者から物を取り上げるのは気が引ける。

彼女に刀を突き付け今にも襲い掛かろうとする姿だった。

以前見た女とは違う鬼の存在。

瞬間、目に映ったのは、肩を震わせる白夜と、床につきそうな程長い金紗の髪をした鬼女が、

「白雪！　鈴音！」

驚いている場合でもない。白夜のいる座敷までは約三間弱。今ならまだ間に合う。

立ち止まらず、板張りの間を駆け抜ける。

「甚、太……」

ああ、もう大丈夫だ。お前は何も心配しなくてもいい。後は任せておけばいいんだ。

今にも転びそうなくらい頼りない足取りで、白夜は座敷から、鬼女から離れようとする。手を伸ばす。応えるように白夜もまた手を伸ばした。

たった三間がこんなにも遠い。

鬼女は何故か動こうとしない。呆然と、その様を眺めている。何のつもりか分からないが、動かないならそれでいい。距離が近付く。あとも少しで傍に行ける。体が軋むほどにただ走る。

「白雪！」

届いた。左手で白夜の手を掴み引き寄せる。ふわりと風が流れた。しがみ付くように、決して離れぬように、白夜の体を抱き締める。

彼女からは甘やかな香りと——ぶちり——鉄錆の匂い。

間に合った。安堵に息が漏れる。

何とか最悪の事態は免れた。あの鬼が何者か、どれだけの力量かは分からないが、せめて白夜を逃がすだけの時間は稼ぐ。状況は好転していない。だが彼女を、愚かしくも美しいあり方を守ると誓った。ならば己が為すは一つ。

金髪の鬼女を斬り伏せる。

眼光も鋭く睨(ね)め付け、

「消え、た？」

しかし、既に座敷には誰もいなかった。

いつの間に姿を消したのか、あやかしは影も形もない。いったいどこへ。

そこまで思考を巡らせ、白夜が身じろぎさえしていないと気付く。もしかして怪我でもしたのだろうか。抱き締める力を少し緩め、体を離し、彼女の無事を確かめる。

「あ」
　思わず固まった。
　白夜の表情を見るつもりだった。なのに見ることが出来なかった。腕の中にいる白夜は動かない。表情も分からない。いや、表情どころか。
「しら、ゆ」
　彼女には、首から上が、なかった。
「あ、あ……」
　なんだ、これは。
　意味が分からない。あるはずのものが無い。なんでだ、間に合ったはずだろう。なのに白夜の笑顔がどこにもない。目の前は赤く染まり、頭の奥で何かがちかちかと瞬いている。
　ぎしり、と背後で床が鳴った。
　とっさに振り返り、驚愕する。
「な」
　消えたはずの金色の鬼女は、僅か二寸というところまで迫っていた。
　そこに敵意はない。鬼女はむしろ気遣わしげな眼差しを甚太へ向けていた。
「駄目だよ、そんなの持ってちゃ。汚れちゃうよ？」
　鬼女の右手には刀。逆手で握られたそれには見覚えがあった。
　夜来。いつきひめが代々受け継いできた宝刀。

何故お前が。過る疑問とほぼ同時に、刀身がぶれた。
　多分、刀が振るわれたのだろう。確証がないのは単純に見えなかったから。あまりの速さに目で追うことさえ叶わない。視認できたのは、切っ先が白夜の胸に食い込んだ瞬間。腕に負荷がかかり、手を離してしまう。
　どさりと床に彼女の体が落ち、心臓に突き立てられた刀で床へと縫い付けられる。仰向けに横たわる少女。白い肌。薄い襦袢に赤色が沁みていく。胸に突き刺さった刀は、まるで手向けられた花のようで。何度確かめても、慣れ親しんだ笑顔を、見ることは出来なくて。
　白夜が、死んだ。
　その事実がようやく頭に伝わった。
「嘘、だろ……」
　口調からはいつもの堅苦しさが抜けている。幼い頃に戻ったかのような、朴訥な呟き。
　――なあに、甚太？
　けれど幼い頃のようには返らない温もり。彼女は何も言わない。笑ってくれない。「仕方ないなぁ、お姉ちゃんがいないと何にも出来ないんだから」そんな軽口は聞こえてこない。
　もう、彼女は、ここにいない。甚太は鬼女を前にして無防備を晒し続けていた。どれだけ愚かなことをしているのかは分かっている。なのに体は動いてくれない。白夜の死があまりにも唐突過ぎて、現実感が追い付いてこない。

「おかえりなさい……怪我はない？」

すぐ傍で、鬼女はにっこりと笑っていた。

豪奢な金の髪に、まとう衣は不吉な黒色。端正な顔立ちも相まって彼女の佇まいは麗しく、その無邪気さに怖気が走る。反して幼い子供のように人懐っこい雰囲気を漂わせている。

そう、鬼女はにっこりと笑っているのだ。

白夜の頭部を、余りにも無造作に掴みながら――

その意味を理解するより早く、無意識のうちに甚太は、自分でも聞き取れないほどに荒々しい怒号を上げていた。

思考が一瞬で沸騰する。膨れ上がる感情が勝手に四肢を操り、気付いた時には鬼女の脳天を叩き割ろうと斬り掛かっていた。

「わ」

激昂する甚太とは対照的に、敵はあまりにものん気な。すっと右手を刀に合わせ、緩慢に思えるくらいゆっくりと横に払った。さして力を込めたようには見えない。だというのに刃は流され、体は引っ張られ、たたらを踏んでしまう。

崩れた体勢を立て直し、大きく後ろに退がる。

刀は折れず、腕に痺れもなく。当然だ。鬼女は優しく、本当に優しく受け流しただけ。まるで戯れに伸ばされた子供の手を躱すような、そんな気安さで渾身の一刀を払いのけてしまった。

「危ないなぁ、いきなりどしたの？」

やはり敵意はなかった。怒りも、僅かな負の感情すら。
だから知る。こいつは、戦っているつもりさえもない。人が蠅や蚊に殺意を持たぬのと同じ。
歯牙にもかからぬ矮小な存在を敵と扱う馬鹿はいない。
おそらく先程も消えたのではない。特別なことはしておらず、普通に走り、普通に白夜の頭を引き千切った。ただ一連の動作が、甚太には視認すらできない速度だったというだけの話。鍛錬で得られる武技では埋められぬ、生物としての絶対的格差。それを曇りない朗らかさに見せつけられた。

　――だが退けぬ。

脇構え。意識を薄く研ぎ澄ませ、眼前の敵を睨め付ける。自身でも理解している。この鬼には決して勝てない。斬り掛かったところで無様に屍を晒すが関の山だろう。だとしても退けぬ。
　せめて一太刀、意地を示さねば、死んでも死にきれない。
　決死の覚悟で一歩を踏み出そうとして、
「にいちゃん、大丈夫？　なにか、あった？」
意識が凍り付く。
　金髪の鬼女は、いかにも心配そうにこちらを気遣う。なにより、にいちゃんと。その呼び方に改めて姿を確認すれば、顔立ちには僅かな面影を。激情に曇っていた目には映らなかった、明確な

思慕がそこにはあった。
「……鈴音、なのか？」
「うん！」
明るく無邪気な、どこか甘えるような、いつもと何一つ変わらない笑顔。それが今は辛い。妹の異常すぎる成長に疑問を持つ余裕もない。お前が鈴音だというのなら、その正体を知ったことで、甚太の頭は、たった一つの問いで満たされてしまっている。
「本当、に」
「そうだってば」
不満げに頬を膨らませる。大人びた容貌には似合わぬ幼げな振る舞い。それは確かに見慣れたもので、だから余計に泣きたくなった。
「何故だ……」
お前が鈴音だというのなら、何故白夜を殺す必要があった。二人は仲のいい姉妹のような存在だった。なのに、どうして、殺さねばならなかったのか。
「なんで、お前が、白夜を」
分かる訳がない。彼が白夜を想っていたように、鈴音にも狂おしいほどの情念があったのだと。兄が全て。他の命など塵芥。その真実に気付けない甚太には妹の行為は凶行で、狂気の沙汰でしかない。深すぎる愛情から生まれた憎悪など理解できるはずがなかった。
「なんで、そんな顔するの？ すずはひめさまを殺したんだよ？ もっと喜んでよ」

同じように、甚太が如何な想いを抱いているか見通せない鈴音には、その反応は予想外のものだったろう。鈴音にとっての白夜は、大切な兄を傷付ける売女だった。だから殺した。これで兄を傷付けるものはいなくなり、彼はきっと笑ってくれるはずだ。無邪気な子供のように、彼女はそう信じていた。

故に分かり合えない。

互いは家族として確かに想い合っていた。ただ出発点を致命的に間違えていたのだ。

「お前は、何を、言っている」

「にいちゃん、ひめさまはね。他の男の人と結婚するんだって。にいちゃんのことを好きだってふうに振舞ってたくせに裏切ったの」

違う。裏切ってなどいない。

私達は——言葉にしようとして、できずに口を噤む。江戸を出てから兄妹は支え合って生きてきた。二人は、ずっと近くにいた。なのに、切り立つ断崖があまりにも高すぎて声が届かない。

だから言葉にできなかった。

「自分から服を脱いで、抱かれようとしてた。そんな最低な女なの。だから、にいちゃんが気に病むことなんてないんだよ」

語られる想い人の所為に臓腑が軋む。

痛みはある。承知の上だ。そうなると知って、受け入れた。そのくらい、大切だった。白雪の決意も、葛野の地も、鈴音のことだって。みんな比べようもないくらい大切で、だからみんな守

「もう、やめてくれ……」
「にいちゃん……」

りたくて。なのに、どうしてこうなってしまったのか。

絞り出した悲痛な嘆きに、鈴音も悲しそうに目を伏せた。ひどいことを言わないでくれ、そんなお前は見たくないのだと。しくて、だからこそ甚太は「やめてくれ」と乞う。

けれど、鈴音は別の意味で捉える。白夜のそんな話は聞きたくないと。恋慕がまだ途絶えないから「やめてくれ」と言うのだろうと。鈴音はあくまでも甚太の気持ちを優先する。お互いに想い合うからこそ、どこまでも二人は分かり合えない。

「にいちゃんはやっぱり、今もひめさまが好き？ あんなにひどい人なのに、死んじゃったら悲しいの？」

何か思いついたのか、鈴音が両手を自身の胸の前で合わせて、可愛らしく微笑んでみせる。だって苦しんでいるから。少しでもその痛みを拭ってあげたい。そう語るかのような無邪気な笑みで。

兄妹は、終わりへと至る。

「あ、でもさ！ これで、ひめさまが他の男の人と結婚するところなんて、見なくてもいいでしょ？」

妹の爛漫さに、甚太は叩き伏せられた。

奪われた。そう、思ってしまった。重ねた恋慕の情。互いが互いのあり方を尊いと感じ、不器用でもそれを最後まで守ろうと誓った。もはや結ばれることは叶わない。だけど最後まで変わらずにあろうと、譲れないものを認め合った。たとえそれが愚かな選択だとしても、二人は誰にも侵されぬものを築き上げたはずだった。
「にいちゃんがひめさまを好きなら、他の男とくっつくよりそっちの方がいいよね？　もう死んでるから、これ以上傷付けられることもないし。そう考えたら、最初から必要なかったんだよ、あんな最低の女」
　その誇りを奪われた。お前達の誓いなど、ただのお為ごかしだ。本当は、醜い嫉妬に塗れているのだと。彼女の決意を、美しいと感じたあり方を、正しいと信じ、意地を張って貫いてきた自分自身さえ踏み躙られた。
「ね、そろそろ帰ろ？　すず疲れちゃった」
　どくんと、左腕が鼓動を刻んだ。
　全てを否定された甚太の内側に渦巻く感情は、酷く純粋だった。純粋で、透明なのに、底が見えない程に昏い。混じり気のない、どろりとした、冷たい激情がこの身を焦がす。
「つか、れた？」
「うん。今日は、面倒なことが多かったから」
　面倒な、こと？
　それは白夜の話か、それとも表で転がっている亡骸（なきがら）か。共に過ごした家族を。どこの馬の骨と

も知れぬ兄妹を受け入れ、鬼の血を引くと知りながら見て見ぬふりを続けてくれた、そんな温かな人々の死を、面倒なことで片付けるのか。
「私達を育んでくれた葛野の民に唾を吐き、白夜を殺し……その上で、出てくる言葉が、それなのか……?」
 江戸を離れ、流れ着いた先で得られた故郷。お前はそれを壊したというのに。
「え、なにが?」
 なのに、なんで、そんなとぼけた面ができる? 守りたかったものの全てを奪っておきながら、どうして、にこやかなままでいられるのか。
「ああ、そうか」
 愛しいはずの妹。
 彼女の兄であり、遠い雨の日、そう願った。白夜を、彼女の幼い決意を尊いと感じたのと同じく、鈴音を大切に想っていた。しかし、白夜の死を喜ぶ妹が、もはや化け物にしか見えない。あの娘は、本当の意味で鬼となってしまった。
「私の知っているお前は……もう、いないのか」
 左腕が、疼く。
 これは、なんだ。熱くて冷たく、整然とばらばらに。疼きが意識を黒く塗り潰す。脈打つ左腕に引き摺られて、遠い雨の記憶さえ薄汚れていく。押さえつけても、耐えきれず。抗う術はなく

て。もはや胸に宿る感情はたった一つ。

——憎い。

ただ純粋に、あの鬼女が憎い。

沸き上がる憎悪だけが、今の彼には全て。胸に隠した思慕なぞ知る由もない。鈴音の真実を知らぬ甚太にとって、目の前にいるあれは狂気に囚われた異物。だからこそ、彼は大切な妹を憎むべきモノとして正しく憎悪する。

あれは、愛した人と家族を同時に奪った化け物なのだ。

刹那、甚太の体は躍動する。踏み込み、鬼女の首へ一閃。ぱきん、と頼りない音が響く。加減なく躊躇いなく。命を奪うつもりで繰り出した刀は、しかし届かず真っ二つに折れる。白くしなやかな鈴音の腕が、目にも映らぬ速度で刀身を叩き折ったのだ。

「にいちゃん……？」

不意打ちで斬り掛かっても、ただ不思議そうに、こてんと小首を傾げるだけ。殺す気の一刀をいとも簡単に防ぐ。

やはり勝てない。勝てる訳がない。十二分に理解し、なおも憎しみが心を埋め尽くす。折れてしまった刀を投げ捨てる。武器はなくなったが、戦う手段はまだある。頭ではない他のどこかがそれを知っていた。

「は、はは。無様なものだ。惚れた女を守れず、大切な家族を失い、故郷を汚され、自分自身さえ踏み躙られた。私には、もはや何も残されていない……」

構えもせず、だらりと腕を放り投げる。全身に熱が巡る。しかし憎しみに満ちた心は、不気味なほどに静謐だ。筋肉が骨が、軋んで鳴った。めきめきと奇妙な音をたてて甚太の体が変化していく。

正確に言えば腕が、である。

動揺はない。体なぞ所詮心の容れ物にすぎぬ。そして心のあり様を決めるのはいつだって想いだ。揺らがぬ想いがそこにあるのならば、心も体もそれに準ずる。心が憎しみに染まれば、容れ物も相応しい在り方を呈するが真理。だから、これは当然の帰結だ。

「ああ、違うな。一つだけ残ったものがあったよ」

左腕の肘から先は赤黒く染まり、一回りは筋肉が発達し頑強に。変容した甚太の腕は、あの時斬り落とした鬼のものによく似ていた。

——人よ、餞別だ。持って往け。

それは真実、鬼の腕だった。

「お前が、憎い」

見開いた眼は血のように、鉄錆のように、赤い。

彼の人としての時間はそこで終わる。その身は既に一個の怪異。

甚太もまた、憎悪をもって鬼へと堕ちた。

「⋯⋯え?」

鈴音が戸惑いに吐息を漏らす。眼前の変化に理解が及ばないのか、あるいは自分を憎いという兄への疑問か。不安に鈴音の瞳が揺れる。

甚太は妹の様子なぞ気にも留めず、自身の変化した左腕を見詰め、納得したように一度小さく頷いた。今になってようやく分かった。何故、あの鬼が敗北しながらも「成すべきを成した」と満足げに逝ったのか。

そもそも、奴の目的は甚太を倒すことなどではなかった。

〈同化〉——その力には別の使い方がある。他の生物を己が内に取り込むことが出来るのならば、他の生物に己を溶け込ませることもまた可能。最後の瞬間に腕が襲いかかってきたのは、甚太を殺す為ではなく、自身の一部を〈同化〉させる為。おそらく、あやかしへと転じる下地作りこそが真の狙い。目論見通り、甚太は魂すら焦がす憎悪に呑まれ鬼へと堕ちた。

ここに勝敗は決した。

斬り伏せて勝ったつもりになっていた。だが先の戦いにおいて、真の勝者は甚太ではない。あの鬼を殺した時点で、彼は既に敗北していたのだ。

なんとも不甲斐のない。息まいて鬼を討ちに行っておきながら、掌の上で踊らされた己の馬鹿さ加減に呆れてしまう。

「情けのない……だが、今はお前の餞別(せんべつ)に感謝しよう」

前傾姿勢。半身になり左肩を鈴音に向け、腕をだらりと放り出す。

「おかげで刀がなくともあれが討てる」

鬼の腕に何が出来るのかは既に知っている。奴は、〈同化〉を正しく使わせる為に、わざわざ語って聞かせてから逝った。鬼を喰らい、その力を我がものとする異形の腕。そして、異形の腕

が現在所有する唯一の力は、

「……〈剛力〉」

異形の左腕がさらに隆起する。沸騰する筋肉、蠢く腕が次第に膨張していき、急激な変化は一回りほど巨大になったところで止まる。もはや人ではない。甚太は左腕だけが異常に発達した、左右非対称の異形となっていた。

「どうしたの？　なんで……」

——そんな眼ですずを見るの？

鈴音は兄がなぜ怒ったのか、分かっていない。甚太が睨み付けても、ただ戸惑っている様子だった。

白夜を殺しておきながら、悪いことだとすら思っていない。その内心が振る舞いにも透けているから、苛立ちはさらに募る。

「すずはただ、にいちゃんのために」

それでも鈴音は許しを請おうと考えたらしい。甚太の方へよろよろと近付き、必死に言い訳をする。

「あの売女を殺しただけで」

……憎い。なにもかもが、憎くて憎くて仕方がない。

「もういい、黙れ」

縋る妹を切って捨てる。比喩ではなく、多分その時、正しく彼は何かを切って捨ててしまった

のだろう。憎しみは際限なく湧き出す。鈴音もまたそれを察したのか、悲しそうに唇を噛んで俯いた。

「そっ、か……。結局、にいちゃんもすずを捨てるんだね。にいちゃんだけは、すずの味方でいてくれるって思ってたのに……」

張り付くような慕情。それがどうした。愛しいはずの妹の全てが煩わしく感じられる。

甚太は何も語らず、ただ眼差しを鋭く研いだ。

沈黙を返答にしたのだろう、鈴音は悲痛な呻きを発する。

「ならいい。いらない。もう何も信じない。貴方がすずを……私を拒絶するならば、現世など何の価値もない」

まとう空気が目に見えて変わり、声も聞き慣れた響きではなくなった。語り口からは幼さが抜け、低く重く、俯いたままでさえほとばしる激情が垣間見える。

鈴音は、白夜の頭を無造作に投げ捨てた。

彼女もまた、一緒になって何かを捨てたのだ。

『そして、貴方にも』

顔を上げたのは、妹ではなく一個の怪異。緋色の瞳に映るのは、明確な憎しみだった。金髪の鬼女の細くしなやかな指が強張り、その爪が鋭さを増した。刃物の如く鈍い輝きを持つそれは、事実、刃物の如き切れ味を持つのだろう。

互いは互いへの憎悪を隠そうともせず対峙する。硬直は僅か数秒、鈴音の左足が板の間を蹴っ

て駆け出し、それだけで二匹の鬼の距離は一瞬で零になった。
ひゅう、と風の裂ける音を聞く。腕を振り回し爪を立てる、それだけの大雑把な攻め。なのに甚太は、反応はできても避けきれない。皮膚を、肉を抉られ、反撃しようにも視界の中で鬼女の姿がぶれて、気付いた時には既に間合いの外。
速い、ただ速い。
およそ体術など意識していない粗雑な動きが、だというのに呆れる程の速さを誇る。再度音が鳴る。肉薄し、爪を振るい、すぐさま離れる。その度に裂傷は増えていく。襲い来る凶手。だが、甚太は避けようともしなかった。というよりも、彼にはその攻撃を避けられる程の身体能力がない。鬼となり目は付いて行くようになったが、鈴音の方が生物として格上。尋常での立ち合いにおいて勝機など欠片もない。
『もう、いいでしょう？』
距離を取った鈴音は、貴方では私に勝てないと、あからさまな憐れみを注ぐ。分かっている、今更言われるまでもない。元治にも白雪にも、鈴音にも。いつだって勝てたことなんてなかった。
『命を粗末にせずとも、今なら……』
「黙れと言ったぞ」
けれど鉄のように硬く冷たく。合理なぞ端から持ち合わせていない。憎しみに突き動かされる心が望むは一つ、苦悶に喘ぐ仇敵の面だけだ。

『そう……なら、いい』

悲痛に、憎悪に、歪む形相。今度こそ意思を固めたのだろう。鈴音が脇目も振らず一直線に疾走し、濃密な殺意で甚太を射抜く。高く掲げられた腕を勢いに任せ叩きつけてくる。

鬼女の爪が胸元を抉り、鮮血が宙を舞い、けれど命には届かない。左足を大きく引いた分、傷は浅く済んだ。

僅かな空白も許されず、至近距離からの追撃が来る。まるで獣だ。今迄より速度を増した一撃。

今度は、避けられない。

それでいい。

爪が腹に食い込む。激痛に襲われ……構うものか。織り込み済みだ。そもそも、初めから彼には攻撃を躱す気などなかった。先程爪を避けられたのは偶然、押し引きが意図せず重なっただけ。元より逃げることなど考えていない。足を引いたのも回避ではなく攻撃の為。左腕を引き、腰を捻り、足は床をしっかりと噛む。

人であった頃ならば、鬼女の一撃で無残に体は引き千切られ、そのまま死んでいただろう。しかし鬼となった今、この身は以前よりも遥かに屈強。爪は皮膚を裂き臓器に達したが、かろうじて繋がっているし、まだ動くことも出来る。突き刺さった爪が臓物や筋肉に搦め捕られ、ほんの一瞬だが鈴音の挙動が鈍る。だから躱す気などなかった。どんなに速くても、止まった相手ならば確実に当てられる。

この瞬間をこそ待ち侘びていた。

『……っ』

気付いたか、間合いを離す為に後ろへ退こうとして、だが無駄だ。追いかけっこなら、お前が速い。だが、この瞬間に限ればこちらが一手早い。

「があっ！」

血を吐きだしながらの短い咆哮。

踏み込めば板張りの床が割れた。

甚太の赤錆の目は金髪の鬼女を捉えている。異形の左腕が唸った。〈剛力〉によって肥大化した膂力、その全てを余すことなく拳に乗せ、忌むべき怪異の鳩尾へと叩き込む。

めきょ、と嫌な感触を味わう。

皮膚を破り肉を裂き臓器を潰し、背骨まで到達する衝撃。

鈴音はいとも容易く吹き飛ばされ、夜来が安置されていた神棚へと突っ込んだ。逃げるどころか防ぐことも出来なかった。

——じゃあ、試しに殴ってみて？　こつん、でいいから。

あるいは、どんなに怒っていたとしても、兄が本気で殴るなど想像さえしていなかったのかもしれない。

社殿の奥で舞い上がる埃、一寸たりとも視線は外さない。無様に転がっている化け物。十二分に手応えはあった。にもかかわらず、命には届かなかった。

「まだ立つか」

鬼女は風穴の開いた体で立ち上がり、目を伏せたまま佇んでいる。腹から流れる血は止まらない。傷は深く、すぐには戦えないだろうが、それでも生きていた。

そうか、いくら見目麗しくともあれは鬼。首を落とすか心の臓を穿つか。もしくは頭を潰さねば死なぬか。

ならば、もう一度だ。

再び構え、一足で懐に飛び込む。甚太は憎しみに急き立てられ拳を繰り出す。狙うは頭部、その小奇麗な面を吹き飛ばす。

対して鈴音は動かない、動けない。元よりここまで距離を詰められれば避けるなど叶わない。

これで終わる。

確信し、憎しみに溺れたまま、とどめを。

『何度も悪いけど、させないわ』

なのに遮られる。今までどこに潜んでいたのか、三又の槍を携えた鬼女が現れ、いつだったかと同じように、横槍を入れられた。

拳は止まらない。振り抜いたそれは肉を潰す。

「貴様⋯⋯」

鈴音の頭部を砕くはずだった拳は、代わりに、とっさに割り込んだ鬼女の心臓を貫いていた。腕を抜き次撃を放とうにも、腕がしっかりと固定されてしまっている。無理矢理にでも引き抜きたかったが、がくんと力が抜ける。今ので〈剛力〉の持続時間が切れたのか、膂力が極端に下

がっていた。

相変わらず、鈴音は佇んだまま何の反応も示さない。割り込んだ鬼女が静かに語りかける。

『ね、鈴音ちゃん』

心臓を潰した。その命はもう長くないだろう。既に白い蒸気は立ち昇り始めている。鬼女は為す術もなく息絶える。分かっているだろうに、死を目前にして、それに見合わぬ優しげな語り口だった。

『逃げなさい。憎いでしょう、壊したいのでしょう。ならば逃げて傷を癒やせばいい。今の貴女は、まだ自分の力に目覚めていない。でも、百年を経れば鬼は固有の力に目覚める。貴女なら、もっと早く手に入れられるかもしれない。その後に改めて貴女の憎むものを壊せばいい』

柔らかな悪意に背を押されて、鈴音はようやく動きを見せた。甚太の横を通り過ぎ、一度捨てた白夜の頭を拾い上げ、社殿を去ろうとする。

「待て、鈴音！」

立ち止まったのは、最後の未練か。金縛りにでもあったように鈴音が体を強張らせる。そうして目を瞑り、かつてあった幸福を噛みしめるように、一度深く息を吸った。

遠い雨の夜。

捨てられた自分。

手を繋いでくれた兄。

あの夜から、鈴音にとって大切なものは甚太だけ。彼さえ傍にいてくれればそれでよかった。父に捨てられても、友達と一緒にいられなくても。貴方が触れてくれるだけで、幸せだと思えた。
　――でも、私が信じてきたものは幻だった。
　兄もやはり自分を捨てた。
　結局、最初から居場所などなかったのだと思い知り、大きく息を吐く。
　鬼は言う。お前が憎むものを壊せと。あの鬼女ではない。憎悪をもって鬼へと堕ちた他ならぬ己自身が叫んでいる。白夜が死んだ今、何を憎むべきなのか。残された憎悪が向かう先を探す。
　しばらく思考を巡らせ、それに気付き眉をひそめる。
　あの人の手が、全てだった。
　ならばこそ、全てに裏切られた今、彼女の憎むものは決定した。
『私は、貴方を憎む。だから全てを壊す』
　それが答え。
　全てを憎むならば、全てを壊すが道理。
『人も、国も、この現世に存在する全てを私は滅ぼす。そうしないと私はどこにも行けない』
　最後に、兄の姿を瞳の奥へ焼き付ける。
　本当に、大切だった。
　貴方がいれば、それでよかった。
　なのにどうしてこうなってしまったのか。

『……忘れないで。どれだけ時間がかかっても、私はもう一度貴方に逢いに来るから』

揺れる感情をそっと風に乗せる。

きっと真意は伝わらなかったと思う。

けれど振り返ることはせず、鈴音は完全に消え失せた。

——にいちゃん、すずはね。ただにいちゃんに笑って欲しかっただけなんだよ。

去り際、舌の上で転がすように呟いた想いは誰にも届かなかった。

鈴音が去ったと確認し、ようやく〈遠見〉の鬼女は全身から力を抜いた。

甚太が腕を引き抜き、支えをなくせば崩れるように倒れ込む。今も白い蒸気は立ち昇り続けている。鬼女は、その生を終えようとしていた。

『あはっ……あはははははは。やった、やったわ。あたし達やったわよ！ やった……あたしは、あたしの成すべきを成した！』

なのに、狂ったように笑う。勝ち誇る高らかさが癪に障った。甚太は沸き上がる衝動を抑えられず、八つ当たりと知りながらもそれを叩きつける。

「これが、貴様等の成すべきと言うのか……こんなことが！」

白夜が死に、甚太は鬼となり鈴音と殺し合う。こんなくだらない惨劇を作り上げることに、何の意味がある。

砕けるくらい強く奥歯を噛み締める。けれど鬼女は撒き散らす激情など意にも介さない。
『あははっ、ええ、そうよ。貴方達には悪いけど、ね』
　同情はしていた、それでも止まれなかったと鬼女は語る。
　鬼は、鬼である己からは逃げられない。一度成すと決めたなら、たとえ何があっても成す。あの大鬼と同じく、彼女もまたそういう生き物だ。であれば、憐れみはしても迷いなど一切なく、全てを終えた今、鬼女の顔には清々しさだけが残っている。
『あたしの力は〈遠見〉……だから、あたしには見えるの。これから先、この国は外の文明を受け入れ発展していく。人工の光を手に入れ、人は宵闇すらも明るく照らすでしょう』
　先程まで笑い転げていた鬼女は、静かに息を吐いた。疲れたような、寂しげな、得も言われぬ趣き。細められた目は、きっと遥か遠くを眺めている。
『でもね、早すぎる時代の流れにあたし達、鬼はついていけない。発達し過ぎた文明に淘汰され、その存在を消していく。作り物の光に照らされて、あやかしは居場所を奪われて。そうしていずれあたし達は、昔話の中だけで語られる存在になるの』
　穏やかな語り口は、逆に決意めいた強さを感じさせる。甚太は、変化した鬼女の雰囲気に戸惑っていた。呑まれていると表現した方が、より的確かもしれない。彼奴等の所業を許せる訳ではない。しかしいつの間にか怒りは鳴りを潜め、口を挟むこともできずにいる。
『だけど、あたしはそんなもの認めない。ただ黙って淘汰なんてされてやらないわ』
　そこまで言って、鬼女は甚太を見据えた。

『あたしが見た景色を教えてあげる。今から百七十年後、あのお嬢ちゃんは、全ての人を滅ぼす災厄となる。貴方は長い時を越えて、あの娘のところまで辿り着く。そして貴方達兄妹は、この葛野の地で再び殺し合い、その果てに……永久に闇を統べる王が生まれるの。あたし達を守り慈しむ鬼神が』

だから鈴音の鬼としての覚醒を促し、甚太が鬼になるよう舞台を整えた。

鈴音は鬼神として、この身は捧げられる贄として。

悔しいが、自分は鬼達の思い通りに動かされていたのだ。

『貴方はあたし達を憎むでしょう。でも、鬼神は遠い未来で、同朋を守ってくれる。これでもう、いずれ訪れる人の光に怯えることはない』

笑っている。先程までの狂気に満ちた笑いではない。満ち足りた、己の生涯を全うした老人のような穏やかさだった。

「お前は……」

もはや怒りは欠片もない。それが本当の話なら、この鬼達は最初から欲望にかられたのではなく、ただ大切なものの為に動いていたのか。だとすれば、人と鬼に何の違いがある。

『あたしは満足。同朋の未来を守れたわ……』

遠い未来への希望だけを抱いて、鬼女の死骸は溶けて消えた。

本当は、最期に何か言ってやろうと思った。だが何も言えなかった。考えてみれば、先だって洞穴で斬り名を呼んでやりたかったが、名前など知らないと気付く。

殺した鬼の名も分からないままだ。身命を賭と、同朋の未来のために戦った誇り高き者を、今まで甚太は名も無き有象無象として切り捨ててきた。その事実が想像以上に自身を打ちのめした。

それからいったいどれだけの時間が過ぎただろう。

社（やしろ）に残されたのは甚太だけだった。

人はいない……ひとは、いない。

「白……雪……」

改めて社殿を見回し、暗闇の中で倒れる白夜の姿を視界に留め、覚束ない足取りで傍へ近寄る。胸には夜来が突き刺さっている。さすがにあんまりだろうと、夜来を引き抜き投げ捨てる。そして片膝をつき、横たわる彼女を抱え起こす。彼女の香はもう感じることができない。代わりに血の匂いが鼻を突いた。

「あ……」

手をそのまま背に滑らせ抱き締める。胸元に溜まった血が肌に触れる。冷たくて熱い、奇妙な感覚。彼女の血が、傷跡から自分自身へと溶け込んでいくような錯覚に溺れた。

──今も声が聞こえる。

──もう、仕方ないなぁ甚太は。お姉ちゃんがいないと何にも出来ないんだから。

そうだ、私は……俺は何にも出来ない。

彼女がいなければ何一つ出来ないのだ。こんな堅苦しい喋り方を始めたのは、いつきひめになった白夜に、少しでも見劣りしないようにと気を張っていたから。鬼を倒せるように鍛え上げたのは、幼くとも葛野を守る為その身を捧げた白夜に、見合う強さが欲しかったから。生き方は曲げられなかった。でも、その生き方を支えてきた想いは一つ。

「俺は、お前が好きだった」

ただそれだけ。たったそれだけのことが甚太の真実だった。本当に、好きで。誰よりも、大切で。叶うならばいつまでも傍にいたかった。何が巫女守だ。何が誓いだ。俺に何が出来た。惚れた女も守れず、大切な家族をこの手で傷付けた。

「白雪ぃ……」

だけど現実はどうしようもなく冷たい。

——俺は、何一つ守れなかった。

堰（せき）を切ったように涙が溢れ、ただ甚太は叫びを上げた。

「あ、あああああああ！」

夜に鬼の慟哭（どうこく）が響く。

白夜の亡骸（なきがら）にただ縋（すが）りつくしかできぬ己があまりにも無様で、しかしそれを止める術など知らなかった。

9

夢を見る。

朝のひととき。穏やかな時間。日射しの悪戯。

『おはよ、甚太』

『白雪。おはよう』

何気ない挨拶。嬉しくて。そっと微笑む。

『しかし慣れないな。起きてすぐ、お前の顔があるというのは』

『なんで? 夫婦なんだから当たり前のことでしょ』

『そうだな。……当たり前なのにな』

空々しい声。寂しさに沈む。返る笑みは希薄で。

『なにかあった?』

『いや。ただ……夢を見ていた』

『夢?』

『ああ、怖い夢だ』

いつかの景色。まどろみの日々。胸を過る空虚。

『お前がどこかにいってしまう夢だった』

216

『それが怖い夢なの?』
『私には、一番怖い』

手を握る。握り返す。温もりに涙が溢れる。

『どうしたの、甚太? 今日は甘えんぼだね』
『今日だけじゃない。本当は、いつだってお前に触れていたかった』

それを願っていた。でも叶わなかった。朧に揺らめく。

『うわぁ、恥ずかしい台詞』
『茶化すな。……だが、私は幸せだ。お前が傍にいてくれる』

頬が染まる。顔が熱い。だから胸はあたたかい。

『私も甚太と一緒にいられて幸せだよ』
『ああ。ずっと、こんな日が続けばいいのにな』

陽だまりの心地よさ。触れ合える距離。でもきっと……。

『それでも、貴方は止まらないんだよね?』

いつまでも、夢を見たままでは、いられない。

『白雪』
『貴方はいつまでもここにいられる人じゃないもの。だってそうでしょう? 甚太は私と同じ。誰かへの想いよりも、自分の生き方を優先してしまう人……だから立ち止まれないし、今まで貫いてきた生き方を曲げられない』

不器用で。無様で。でも必死に意地を張って。

二人はいつだってそうだった。そうやって歩いてきた。

『だが、私はお前を亡くしてしまった。大切な家族、守るべきもの、刀を振るう理由。私には、何一つ残ってない』

『ううん、違う。今はただ見失っただけ。そんなに怖がらないで。甚太ならきっと、答えを見つけることができるよ』

重なる掌。どちらからともなく離れる。でも心は近付いて。

『大丈夫、私の想いはずっと傍にあるから』

いつものように、いつかのように、二人はちゃんと通じ合えた。

『貴方は、貴方の為すべきことを』

そこで終わり。

意識が白に溶け込む。こぼれ落ちそうな光の中で、目の前が霞んでいく。

あるいは選んだ道が違ったのなら、この夢のように、夫婦となって幸せに過ごす未来もあったのかもしれない。でも、そんな幸福は選べなくて。小さな願いが叶うことはなく。

ぱちんと、水泡の日々は弾けて消えた。

けれど想いは巡り、いずれ心は、懐かしい場所へと還る。

だから寂しいとは思わない。

そうしてまた眠りにつく。

木漏れ日に揺れながら。

遠い、いつかの、夢を見る。

不意に訪れた目覚め。

夢の名残をまといながら、ゆっくりとぼやけた頭が覚醒していく。いつの間にか意識を失ってしまっていたらしい。社(やしろ)で泣き崩れ、そのまま眠っていたようだ。

致命傷だと思っていた腹の傷は、既に塞がりかけていた。程無くすれば完治するだろう。遠くなった死に、本当に人ではなくなってしまったのだと否応なく思い知らされる。鬼になっても胸の痛みは耐えがたい。苦々しさを味わいながら、薄暗い本殿を見回せば、近くには現実が転がっていた。

白夜の亡骸(なきがら)が、彼女を殺した夜来が傍にあった。

溜息を吐き、すくりと立ち上がる。眠ってから一刻といったところか。まだ夜は明けていない。板張りの上で直に寝転がっていたせいか、体が冷えている。なのに何故か暖かいと思った。

夢を見ていた。

誰かを妻に娶(めと)り、穏やかに暮らす夢。

けれど夢の中で彼女は言った。

貴方はいつまでもここにいられる人じゃない。

成程、確かにその通りだ。最後の最後で、誰かへの想いよりも自身の生き方を選ぶ、そういう融通の利かない男だ。おそらく、自分はこれからもそうやって生きていく。きっとそれは、今際(いまわ)の際までも変わらないのだろう。

「白雪……」

守れなかった愛しい人の名を呟く。

甚太にとって白雪は始まりであり標(しるべ)だった。彼女がいればこそ、迷いなく歩くことができた。今は灯火なく夜道に放り出されたかのようだ。目の前には暗闇が広がっていて、多分、彼には何も見えていない。しかし標の代わりに、憎しみが灯る。

去り際に鈴音は「全てを滅ぼす」と語った。

何もかも失くしてしまった。刀を振るう理由など分からない。だとしても、あれが現世を滅ぼすというのならば、けじめはつけねばなるまい。この胸に宿る憎悪が、災厄を産み出してしまったのだ。ならば、為すべきを為さねばならぬ。

「悪い、行ってくる」

だから甚太は社(やしろ)を後にした。

涙はもう乾いていた。

　一夜明け、いつきひめの訃報は集落に伝わっていた。

葛野の繁栄を願う巫女の死は皆に衝撃を与えた。元々いつきひめは白夜の家系が一手に担って

きた役である。後継を産んでいなかったこともあり、その動揺は大きい。集落の権威達は遺体を弔った後、次代の火女をどうするか話し合っている。彼らは白夜の死ではなく、葛野の繁栄を願ういつきひめの不在をこそ嘆いていた。

つまるところ、自分達の生活を支えるものがなくなってしまった不安こそが動揺の正体。仕方ないとはいえ、それを甚太は少し寂しく感じた。

「さて、と」

社で崩れるように一晩を過ごしてしまった甚太は一度自宅に戻り、着替えを済ませていた。

普段の着物に布の手甲、脚絆に三度笠。風よけの合羽を身にまとう。振り分け籠（現代で言う旅行鞄）には手拭いや麻紐を数本、扇子や矢立てなどの小物を少々。替えの着物や草鞋、薬品類や晒し、旅提灯に蝋燭、火打石なども用意している。全財産を懐に入れて、路銀が足りなくなった時の為に鉄の小物も少しばかり。葛野の鉄製品は高く売れる。しばらくは食い繋げるだろう。

二つの籠を紐で繋ぎ肩に掛ける。これで準備は整った。本来なら愛刀を腰に差すのだが、今まで使っていた刀は砕けてしまった。新しいものを調達せねばなるまい。

支度を終えて、玄関へと向かう。

草鞋を履き、立ち上がって、最後に後ろを振り返った。

かつては元治や白雪と。鈴音と、過ごした家。数え切れないほどの思い出がある。僅かな間、家族で過ごした幸せな時間に浸り、溜息と共に郷愁を吐き出す。

「今更だな」

自ずから手放した幸福だ。懐かしむことは許されない。けれど誰もいない家の中に、あの無邪気な笑顔が、まだ残っているような気がした。
ただ、それを想うと黒い何かが胸で蠢く。
くだらない感傷を振り切り、引き戸を開け、我が家を後にする。すると前からちょうど集落の長がやって来た。左手に刀袋を持ち、神妙な面持ちで甚太に近付いてくる。

「長……」
「昨夜のことは、ある程度だが清正に聞いた」
正面で立ち止まり前置きもなく本題を切り出す。既に、鈴音が鬼となったことも知っているようだ。しかし表情に険しさはなく、どこか物寂しい印象を受ける。
鈴音が白夜を殺したこと。自身もまた鬼へと転じたこと。鬼が語った未来。荒唐無稽な話に長は黙って耳を傾ける。
聞き終えた後、しばらくの間逡巡し、一転真っ直ぐに甚太を見据えた。
「お主はこれからどうする」
躊躇いはあった。しかし、集落を取りまとめる長には知る権利があるだろう。甚太は隠さずに、ぽつりぽつりと話し始める。
「お主からも話を聞かせてくれ」
出で立ちを見れば分かるように敢えて問うたのは、決意のほどを知るためだろう。だから間髪を容れず、揺るぎなく言い切った。

「葛野を出ます」
　衝動的なものではない。そうせねばならぬと心に決めた。全てはいつか訪れる未来、妹と再び出会う時の為に。今は故郷を切り捨ててでも、前に進まなくてはいけない。
「鬼は百七十年の後、葛野の地に闇を統べる鬼神が現れると言いました。そして鈴音は、現世を滅ぼすと」
　鈴音。その名を口にするだけで黒い感情が渦巻く。
　大切だった。なのに、こうも憎い。
　惑う心に見ない振りをするように、静かに目を閉じる。瞼の裏には在りし日の面影。選んだのはそれを踏み躙る道だ。
「幸いにして、この身は鬼。寿命は千年以上ある。ですから私は往きます。いずれこの地に降り立であろう鬼神を止める為に」
　つまりは妹と対峙する。
　守りたかったはずのものは消え失せて、残ったのはその程度。所詮は刀を振るうしか能のない男。そういう生き方しかできないのだ。
「まずは江戸へ。私の見る景色は狭く、技も心も未熟。数多に触れ、今一度、己を磨き直そうと思います」
「よいのか。その話が真実ならば鬼神とは」
「……けじめは、つけねばならぬでしょう」

絞り出した声に滲む感情。
　嘘は許さぬと、真剣な表情で長は問う。
「だが、そこにあるのは義心ではなかろう」
　人を滅ぼす鬼と対峙する。
　成程、耳触りはいいが、根底にあるのはただの憎悪。お前はただ鈴音が憎いだけではないのか。見透かした、辛辣な物言い。痛みを覚えたのは紛れもない真実だから。
「……かも知れません」
　平静を演じて見せても硬さは隠せない。胸には消しようのない憎しみがある。私怨と言われればそれまでだろう。
「憎しみに身を委ね、妹を斬る。甚太よ、お主は本当にそれでいいのか？」
　対峙する、などと誤魔化してみても結局はそういうこと。鈴音が人を滅ぼすと謳うならば、立ちはだかることは斬ることと同意だ。
　お前は何を考えている。強い口調で詰問する長に、甚太は困ったような、場違いに軽い微笑みで応じた。
「私にも、分からないんです」
　素直な答えだ。自分のことなのに、何一つ分からない。
　風が吹く。初夏の薫風は肌を撫ぜ、しかし、その心地よさも鬱屈とした心持ちを拭い去ってはくれなかった。

「鈴音は、大切な家族です。けれど白雪……姫様を殺された恨みがある。今も憎悪が私を追い立てるのです——あの娘を殺せと」

風の向かう先を捜すように遠くを仰ぐ。

流れる雲、高い空。晴れ渡る青を眺めても、胸を染める色は消えてくれない。

「故に振り抜いた拳を間違いとは思わない。ですが、間違いだと思えなかったことを、ほんの少しだけ後悔もしているのです」

白夜を奪われ、自身を踏み躙られたが、鈴音を想う心も決して嘘ではない。なのに後から後から憎しみは沸き上がって。斬ることを肯定も否定もできずにいる。だから、甚太は自らの中で"討つ"という明確な表現を避け、"対峙する"という言葉で逃げた。あれを放っておけないと理解しながらも、自身のあり方を決められなかった。

「安心したぞ」

長はそういう曖昧な態度を、殺すと言い切れない甚太の迷いをこそ喜んだ。安堵の息に視線を下ろせば、そこには初めて見る柔和な笑みがある。

「鬼に堕ちたお主は、殺戮を是とするのだと思った。だが、まだ残っているものがあるらしい」

そうなの、だろうか。

愛した人。大切な家族。守るべきもの。刀を振るう理由。自分自身。何もかも失くしてしまった。その上で、妹を憎み斬り殺そうと考える男に何かが残っているとは思えない。もし残っているとすれば、淀むような憎悪だけだ。

「鈴音を、殺したくないのだろう？」

情けないが、明確な答えは出てこなかった。家族でありたいと思いながら、ただひたすらに殺したいとも願う。そのどちらもが本心で、矛盾する感情に甚太は唇を噛む。

「やはり、答えは返せそうにありません。今の私には、あの娘を許すことは出来ない。けれど躊躇いもあります。もう一度出会った時、どうすればいいのか。憎悪の行方も、刀を振るう理由も。本当に、何一つ分からないのです」

そうだ、何一つ分からない。

何もかも失い、憎しみだけが残り。鬼神を止めねばと言いながらも、斬るかどうかさえ決められず。

「ですが叶うならば、斬る以外の道を探したい」

鬼となった今でも、人の心は捨て切れぬ。

「憎しみは消えない、けれど心は変わる。今は無理でも、いつかは許せる日が来るかもしれない。だからもう少しだけ、答えは出さずにいたい」

胸に淀む憎しみを消す手立てなどあるのだろうか。

"討つ"ではなく、"対峙する"。それは最後の希望か、単なる未練だったのか。今の甚太には何も分からない。けれど信じていたかった。鬼神を止め、鈴音を救える未来があるのではないかと。これだけ憎いと思いながら、まだ淡い夢に縋っている。

「そうか。……では再び出会った時、鈴音が鬼神と成り果てていたならばどうする」

夢は夢。どうしようもない現実を突き付けられる。

もしも長い歳月の向こうで、鈴音を許せたとして、彼女を心から救いたいと思えたとして。彼女がなおも滅びを願ったならば、人を滅ぼす災厄、鬼神と成り果てたのならば、お前はどうするつもりなのか。

「私がそこまで追い詰めた。ならばこそ、けじめはつけねばなりません」

知れたこと。兄として、同じく鬼へと堕ちた同朋として。救うにしろ、殺すにしろ、最後の幕はこの手で引かねばならない。

「もしも道行きの果てに、鈴音が滅びを願う鬼神と成るのならば」

迷いがないと言えば嘘になるだろう。だからこそ、あやふやな決意の輪郭を縁取るように、はっきりと口にする。

「私が……あの娘を討たねばならぬでしょう」

再び大切なものを斬り捨てる。そうなれば、己も生きている訳にはいくまい。弔いとしてこの首を彼女の墓前に捧げよう。

「それを含めてのけじめか」

「はい。己が何を斬るのか、百七十年の間に答えを探そうと思います」

前を向く。譲れないものがそこにはあった。

感じ入るものがあったのか、長はゆっくりと頷き、刀袋から一振りの太刀を取り出した。

「持っていくがいい」

それを見て、甚太は身を強張らせた。
葛野の刀の特徴である、鉄造りの鞘に収められた太刀。戦国の頃より葛野に伝わる宝刀、夜来。
……白夜を殺した刀である。
いつきひめが代々管理してきたこの太刀は、マヒルさまの偶像であり、集落にとって火女と同じく精神的な支柱だ。まかり間違っても外に出していいものではない。だというのに、長は平然とそれを手渡そうとする。
「夜来は嘘か真か、千年の時を経ても朽ち果てぬ霊刀だ。長き時を越えて往くお主の得物には、ちょうどよかろう」
受け取るのを躊躇ったのは、宝刀だからではない。この刀が、白夜の命を奪った。そうと思えば多少だが忌まわしいという気持ちもあった。
しかし長も引く気はないらしい。無下にも出来ず、僅かな迷いの後、ゆっくりと甚太は夜来を握り締める。
一度手にすれば不思議と嫌悪は湧かなかった。太刀から伝わる、ずっしりとした重み。冷たいはずなのに、事実金属の冷たさが肌に触れているというのに何故か温かく感じる。
「抜いてみろ」
言われるがままに鯉口を切り抜刀する。
陽光を浴びて鈍く光る肉厚の刀身。波紋は直刃、切れ味はもちろんのこと頑強さを主眼に置いた造りとなっている。御神刀として安置されてはいたが、これは決して観賞用ではなく、実戦に

即して鍛えられた刀だった。

「夜来ならば生半な鬼に後れをとることもあるまい。ふむ……これでお主は、夜来の正当な所有者となった。ならば慣例に従い、以後は甚夜と名乗るがよい」

「しかし、私が持っていく訳には」

「かまわん。いつきひめの家系が途絶えた以上、それはただの刀。社で埃を被っているよりも、お主に使われる方が余程いい。なにより……」

一瞬の逡巡の後、長はおずおずと口を開く。

「その方が、姫様も喜ぶであろう」

懺悔するような響きに、長がここへ訪れた理由をようやく察する。集落の責任者としての役目ではない。純粋に甚太の行く末を案じて来てくれたのだろう。まっすぐ真意を伝えるように、長は深く頭を下げる。

「済まなかった。お主と姫様が互いに想いを通じ合わせていたのは知っていた。しかし、清正もまた姫様を想っていてな。儂は我が子可愛さに、清正と姫様の婚儀を進めた。葛野の未来などお為ごかし……この惨劇は、儂が招いたのだ」

正直に言えば、長がそんな行動に出るとは思っていなかった。頭を下げて、微動だにしない。その所作には心底申し訳ないという気持ちが滲み出ている。曇りのない謝罪に気付く。

この方もまた戦っていたのだ。自分が大切に想う誰かの為に。

「顔をあげてください。貴方は息子の幸福を願った。ただそれだけでしょう」

 長の目には、まだ後悔が色濃く残っている。それを拭うように、甚太は首を横に振った。

「そして、白雪もまた葛野の民の安寧を願って受け入れた。清正も彼なりに白雪を愛していた。そこに間違いなどなかった」

 悔しいが、選択は決して間違いではなかった。それが我が子可愛さから出た行動だったとしても。

「……甚太の心を傷付けたとしても。誰かを想っての行為が、間違いであるはずがなかった」

「鬼もまた、同朋の行く末を愁い戦った。皆、守るべきものの為に己が刀を振るっただけ。是非を問うことではありません」

 善いも悪いもない。誰もが守りたいものの為に刀を振るった。その中で甚太だけが憎悪故に刀を振るい、守りたかった者を切り捨ててしまった。真に鬼と呼ばれるべきは、想いに囚われ憎しみをまき散らした自分だけなのかもしれない。

「すまん」

「もう過ぎたことです。それよりも、長はこれからどうなされるのですか」

「変わらぬよ。長として葛野を守るのが儂の役目だ。それが姫様の弔いにもなろうて。ただ……」

 そこまで言って、長の目にあった後悔は随分と薄れていた。代わりに何かを思いついたらしく、にやりと意地悪く口元を歪める。

「そうだな、お主が長い年月の果てに葛野へ戻ってくると言うのなら、神社の一つでも建てよう

「神社、ですか?」
「神社の名は……甚太とでもするか。うむ、そうしよう。甚太神社——語呂は悪いが、それもよかろう」
 くつくつと笑う長など初めて見た。口にするのも冗談のような内容。しかし表情は一転、真剣なものに変わっていた。
「時の流れは残酷だ。百年の後、ここはお主の知っている場所ではなくなっているだろう。人も景色も、鬼程長くあることは出来ない」
 きっと長は集落の行く末を思い浮かべているのだろう。
 甚太には、その景色が見えない。一寸先も覚束ないのだ。百年先など想像も出来なかった。元治も長と同じことを言っていた。多分、その意味を、甚太はまだ理解し切れていない。
「だが、瞬きの命とて残せるものもある。せめてもの侘びだ。いつか再び訪れた時、涙の一つもこぼさせてやろう。楽しみにしているがいい」
 だから意図を推し量ることなど出来ず、去っていく長に掛ける言葉も見つからず。
 一人残され、ふと握り締めた夜来に目を落とす。
 日く千年を経てなおも朽ち果てぬ霊刀。その存在が、これからの年月を強く意識させる。
「重いな」

人も景色も、鬼程長くあることは出来ない。飲み込んだ真実に、刀は少しだけ重くなった。
「甚太様っ！」
　長と別れ、集落の出口へ歩みを進める。その途中、横切った茶屋の前で、ちとせに呼び止められた。「どうした」と素っ気なく返すと、彼女は俯いてしまった。
「あの、姫様のこと、その……」
　白夜の訃報を耳にしたらしい。狭い集落だ、あるいは鈴音が消えたことも既にちとせに呼び及んでいるのかもしれない。わたわたと落ち着かない様子で、ちとせは口ごもり続ける。落ち着かせるように、甚太はわざと小さく笑みを落とした。
「甚太様……」
「私は何一つ守れなかった。だからそう呼ばれる資格なんてもうないんだ」
　笑ったつもりでも顔の筋肉は強張って、歪な自嘲となってしまった。強がるならもう少し上手くやればいいだろうに、ままならないものだと口角を吊り上げる。
「悪い、ちょっと行ってくる」
　散歩にでも出かけるような気軽さで別れを告げる。あまりの軽さに頼りなく思えたのか、ちとせが不安げに甚太を見た。
「……甚太にい、帰ってくる？」

「また今度、磯辺餅でも食わせてくれ」

真っ直ぐすぎて、目を逸らしてしまう。無様なこの身を慮る色が、今は耐えられなかった。

答えにもならない答え。そんなものしか返してやれない自分が、心底情けない。

けれど、ちとせは大きく頷いた。意味するところを理解しているだろうに、気丈に振る舞う。

「うん、今度は一緒に……だから、いってらっしゃい」

潤む瞳。いってらっしゃい。いつか、それと対になる言葉が返ることを期待しているのだと分かる。分かるから何も言わず背を向け、軽く手を上げて返事に代えた。

──その時には、俺が、お前を守るから。

守れもしない約束を交わす気にはなれなかった。

背中に注がれる視線を感じながらも、歩みは止めない。

白夜が死んだせいで、集落は慌ただしかった。時折すれ違う人々はなにやらひそひそと話しながら、陰鬱な表情でこちらを見る。大方守るべきものを守れなかった情けない男を侮蔑しているのだろう。

五つの時に流れ着いた、今は故郷となった場所。だというのに、この地へ恩を返すどころか、最悪の事態を引き起こし逃げるように離れる。

なんと無様な。しかし、今は行かねばならぬ。揺れる心を抑え込み、歩を進めるその先には、折れた腕を三角巾で固定したまま、清正が立っていた。

「清正……」

待ち伏せされていたのだろう、眼は甚太を真っ直ぐに射抜いている。

鬼女と戦い、敗れたというのは長から聞いた。だが、鬼女は彼を殺さなかった。何故かは分からない。他の者は殺しておいて、何故清正だけ生かしたのか。

もしかしたら鬼女も、甚太が倒したあの大鬼も、誰も殺す気はなかったのではないだろうか。

結局のところ、この集落に害をなしたのは──

奇妙な妄想。頭を振って追い出す。過ぎたことだ、今更考えても仕方無い。

「出ていくのか」

まだ痛みがあるのか、口調はぶっきらぼうだが、言葉に力が籠り切っていない。疲れているのかもしれない。清正は見るからに精彩を欠いていた。

「ああ」

「どこに行くんだよ」

「そうだな……まずは江戸へ向かう。話によれば江戸にも鬼は出るらしい。それらを討ちながら己を鍛え直そうと思う」

「鈴音ちゃんを斬るためにか」

甚太は口を噤んだ。

斬りたくはない。だが憎い。自分がどうしたいのか、明確な答えがない。何を言っても嘘になるような気がして、答えを返すことが出来なかった。

「あまり動くな。怪我に触る」

誤魔化すようにそれだけ言って横を通り過ぎようとするも、体で道を塞がれた。
　眉をひそめ、文句の一つも言ってやろうと思い、けれど何も言えなくなった。
　清正は泣いていた。拭いもせず、ただ涙をこぼしていた。
「……俺、お前が嫌いだった。強くて冷静で、鬼だって簡単に退治しちまって。後ろ盾なんてないのに、皆に認められるお前。なにより……白夜に想われてるお前が大嫌いだった」
　途中でつっかえながらも本音を絞り出す。恥も外聞もなく、清正は泣きながら訴えかけていた。
「でも、別に俺は、お前から白夜を奪いたいなんて思ってなかった。俺は、ただ、白夜が好きだったんだ……一緒にいれたらよかったんだ。それだけで幸せだったんだよ。なのに、俺は……」
「……ああ、そうか」
　本当は、この男も結婚など望んでいなかったのだろう。想うだけで心安らかに在れるくらい純粋に。彼女がそこにいるだけで幸せだった。たとえ報われなくとも、白夜への恋慕は時が流れれば過ぎ去りし日々として、美しい思い出となって記憶に埋もれていくだけ。多分、それで十分に満足していたのだろう。
　だが、清正は集落の長の息子。本人の意思とは関係なしに、彼の地位はいつきひめに触れられるほど高かった。手を伸ばせば本当に届いてしまった。
　皮肉にも、それこそがこの男の不幸だったのかもしれない。
「私もだ、清正」

「え……?」
「ただ一緒にいたかった。それだけを願っていた……それで、よかったならば同じだ。たとえ男女として結ばれることがないとしても、巫女守として、白夜の決意を守りたかった。どんな形であれ彼女と共にあれたなら、甚太もまた、それだけで幸せだったのだ。
　一度、小さく息を吐く。清正と話していても苛立った気分にはならない。むしろ、ある種の安堵さえ覚えていた。
「もっと話をすればよかった。そうすれば……」
　こんな結末にはならなかったのかもしれない。そう言おうとして、思い直し首を横に振った。そんなものはただの夢想に過ぎないし、清正を責めることにしかならない。
「あるいは、お前を友と呼ぶこともあったのかもしれない」
　代わりに、落とすような笑みを。
　誤魔化しではあったが同時に本心でもあった。同じ想いを抱え、同じ痛みを共有した。きっと二人は分かり合えたはずだった。
「馬鹿言ってんじゃねえよ」
　悪態はついても、泣きながらでも、その表情はどこかさっぱりしている。最後に見る顔が、こうした晴れやかなものでよかった。おかげで少しだけ、体は軽くなったような気がした。
「では、な。もう逢うこともあるまい」

今度こそ江戸へ向かう街道へと出る。幼い頃に流れ着いて、日々を重ねて、葛野の地はいつしか故郷となった。未練がないと言えば嘘になる。懐かしい日々に後ろ髪を引かれながらも、それでも歩みを止めることはしなかった。

「甚太っ！」

背中に投げつけられる大声。

涙を止められず、震えたまま。ひどく頼りない、けれど心の底から絞り出した叫びだ。

「鈴音ちゃんは、俺と同じだ……。俺が白夜を好きだったみたいに、あの子もお前が好きだったんだよ。こんなことになっちまったけど、あの子はお前が好きなだけだったんだ……」

その訴えで脳裏に映る妹の姿。

大切な家族だと思っていた。しかし鈴音の想いは、甚太のそれとは違ったのだろう。気付いていなかっただけで、最初から兄妹は破綻していたのか。

いや、考えても仕方のないことだ。

ふと差し込む惑いを無理矢理に振り払う。きっと、そこには気付いてはならないものが潜んでいる。止まらない歩みは、過る不安から逃れようとしていたのかもしれない。

「だから……頼む。それだけは、忘れないでやってくれ」

必死の懇願を受けながらも振り返らず、言葉を返すこともしなかった。出来なかった。鈴音の想いなど知りようもないし、甚太自身がどう見ていたのかも今更だ。過去がどうあれ、二人は互いに憎み合い鬼へと堕ちた。結局のところそれが全てだろう。

鬼は言った。
己が為にあり続けることこそ鬼の性。鬼は鬼であることから逃げられない。
異形となった今、その意味を真に知る。
いつだったか、いっしょにいてくれればいいと、鈴音は笑った。あの一言に救われた遠い雨の夜。共にあった幸福な日々。今もあの娘が大切だと、自信を持って言える。愛する家族と、そう思っている。なのに、かつて慈しんだ無邪気な笑顔とともに、湧き上がる憎悪が胸を焦がす。
最早それは感情ではなく機能。鈴音を憎み鬼と成ったこの身は、心臓が脈打つように、呼吸を止められないように、憎しみから逃れられない。どれだけあの娘を愛し、大切に想っていたとしても。

――私は、そういう鬼なのだ。
胸にあるのは曖昧な憎悪。
鬼に成れど人は捨て切れず。
あやふやな憎しみだけを抱き、旅の伴に夜来を携え、甚太は葛野の地を後にする。
広がる街道は長く遠く、目指す江戸はまだ端も見えない。
「百七十年、か」
揺らいで滲む道の果てを眺めながら、江戸よりさらに先、形すらない未来を想う。
『人よ、何故刀を振るう』
遠く、声が聞こえた。

238

いつか再びこの葛野の地で鈴音に出逢う日が来る。

その時、己はどうするのだろうか。

鬼としてこの憎しみを抱えて歩き、鈴音を斬り捨てるのか。それとも、許して人へと戻る日が来るのだろうか。今は何一つ分からない。

ただ願わくは、この道行きの先で答えが見つかるように。

眦を強く、前を見据える。

「先は長いな」

そうして甚太は――甚夜は長い長い旅路を歩き始めた。

徳川の治世は少しずつ陰りを見せ始め、現世には魔が跋扈していた。

江戸から百三十里ばかり離れた、葛野の地で起こった一夜の惨劇。鬼の襲撃によりいつきひめと呼ばれる巫女の一族は絶え、集落は失意に暮れていた。巫女は火の神に祈りを捧げる火女。崇めるべき神と繋がる術を失った葛野は、これから緩やかに衰退の道を辿るだろう。

だが、歴史という大きな流れから見れば、それは取るに足らない事柄。一つの集落の盛衰なぞ騒ぐようなものでもない。

同じく、彼の道行きもまた瑣末な出来事である。

葛野で起こった惨劇の後、青年は集落を出た。その行く末は誰も知らず、彼自身にさえ分からない。川に浮かび流れる木の葉の如く青年は漂流する。

それは誰に語るべくもない。
決して歴史に名を残すことのない。
鬼と人との狭間で揺れる鬼人の旅立ちであった。
時は天保十一年。
西暦にして1840年のことである。

余談　あふひはるけし

そうして歳月は流れる。

昔々のお話です。ある村に一人のお姫様が住んでいました。お姫様にはいつも護衛がついています。護衛の青年は幼馴染で、二人はとても仲がよく、中々屋敷の外へは出られなかったけれど幸せな毎日を過ごしていました。

でも、そんな二人を遠くから眺めている者がいます。

一人は村長の息子。村長の息子はお姫様が好きでした。だから青年のことが憎く、いつもいつも辛く当たっていました。

もう一人は青年の妹。妹にとってもお姫様は幼馴染でしたが、兄がお姫様を好きなのが分かるから、大好きな兄を取られたような気がして寂しい思いをしていました。

それでも表面上は何事もなく毎日は過ぎていきます。

ある日のことです。村を二匹の鬼が襲います。鬼はお姫様を攫(さら)おうと考えていたようで、青年はお姫様を守るために鬼の根城へと向かいました。

森の奥にある住処には、一匹の鬼が待ち構えていました。どうやらもう一匹は村へ行ってしまったようです。

青年はなんとか鬼を打ち倒し、急いで村へと戻ります。

ただ不幸だったのは、青年の敵が鬼だけではなかったということでしょう。

「これは好機だ」

村長の息子は青年がいなくなったことを喜び、お姫様を自分のものにしようと動き始めました。集落での地位を利用し、彼はお姫様に結婚を強いたのです。

お姫様はそれに逆らえません。守ってくれるはずの青年も今はいない。村長の息子は、まんまとお姫様を手に入れたのです。

憤ったのは青年の妹でした。

ですが、その怒りが向けられた先は村長の息子ではありません。

「なんでお兄様を裏切ったのですか」

大好きな兄を傷付けるお姫様こそが悪いのだと妹は詰め寄ります。

それは妹の意思だけではなかったのかもしれません。妹の傍にはもう一匹の鬼がいました。鬼は、妹がお姫様を憎むように仕向けたのです。

たとえ仕組まれたものだとしても、妹の憎しみが治まることはありません。なんと赤い鬼になってしまったのです。

彼女は次第に姿を変え、嫉妬の心に焼かれた彼女は憎しみのままに、お姫様を殺してしまいます。

「妹よ、お前はなんてことをしてしまったのだ」

そこで運悪く帰ってきてしまったのが青年です。自分の想い人が妹によって殺された。それを目の当たりにした青年には、妹が許せません。赤鬼となった妹を心から憎み、青年もまた青い鬼になってしまいました。

青鬼となった青年は、妹を誑（たぶら）かした鬼を討ち、赤鬼となった妹をも斬り伏せようとします。妹は兄に憎まれてしまったことを悲しみ、彼の前から去っていきました。

「私は貴方を愛していました。だから貴方に憎まれたのなら、現世など必要ありません。私はいつか、この世を滅ぼすために戻ってきましょう」

最後に、不吉な呪いを残して。

こうして青鬼は愛した人を、家族を、自分自身さえ失くしてしまいました。鬼になってしまった彼は「もう人とはいられない」と旅に出たそうです。

あるいは、行方知れずの赤鬼を探しに行ったのかもしれません。

以後の青鬼の行方は誰も知りませんが、江戸には人を助ける剣鬼の逸話がごく僅かですが残されています。おそらく、それらは旅に出た青年が江戸に立ち寄った時の逸話なのでしょう。

一説には、旅をする青鬼の隣にはいつもお姫様の魂が寄り添っていたそうです。

これが葛野の地（現在の兵庫県葛野市）に伝わる姫と青鬼のお話です。

河野出版社　大和流魂記『姫と青鬼』より

2009年2月

私の家は境内に桜の木が植えられた、市内でもそれなりに有名な神社だ。お父さんが神主でお母さんが巫女。うちは江戸時代から続く歴史ある神社らしい。私はあまり興味がないから謂れなんかは詳しく知らないけれど。

参拝客の少ない日曜日の朝。何気なく境内を見てみると結構落ち葉が散らかっていたので、時間もあることだし竹箒(たけぼうき)で掃除を始めた。

一人で境内を全部掃くのは時間がかかるかと思ったけれど、案外順調に進む。一時間もしないうちに掃除は終わり、一角にはこんもりと落ち葉の山が出来ていた。

「……寒いなぁ」

ぼやきながらかじかんだ手に息を吹き掛けて温める。吐息は白い。流れる木枯らしが小さく砂を巻き上げ、空には薄墨(うすずみ)のような雲がかかっている。真冬の情景には色がなく、少しだけ寂しく見えてしまう。

「あら、みやかちゃん。境内の掃除してくれたの?」

振り返ると、いつの間にかお母さんがやってきていて、綺麗になったわと目を細めていた。

「ごめんなさいね、折角の休みなのに」

「別に。やることもなかったし」

自分でも素っ気ないと思う返し。

244

こうした言い方しかできない私を、お母さんがくすりと笑う。
「ありがとう。でも、どうせならちゃんとした服を着ない?」
「いいよ、そういうのは」
　服というのはお母さんが今着ているもの、つまり巫女装束のことだ。さすがに、その恰好は恥ずかしい。お母さんは年齢よりも若く見えるし、綺麗だから似合うとは思う。だけど、私が着たって似合わないし、なにより友達が訪ねてきたらからかわれるに決まっている。
　わー、みやかちゃんかわいいー。一番の親友は多分そう言ってくれるだろうけど、それはそれで反応に困ってしまう。
「いいからいいから」
「ちょ、お母さん!?」
　まあ、どんなに拒否しても、ほぼ強制的に巫女装束を着せられてしまうのだけど。いつも笑顔で優しいお母さんは、その実、ものすごく押しの強い人なのだ。
「お母さんはいつも強引なんだから……」
　結局、いつも通り無理矢理服を着替えさせられてしまった。
　お母さんはにこにことご満悦な様子だ。
　いつ着てもサイズはピッタリ。たぶん、私の成長に合わせて巫女装束を新調しているんだろう。それを考えると、なんとなく釈然としないものを感じてしまう。
「みやかちゃん、とっても似合ってるわよ」

何の裏もなく褒めてくれているのだと分かっているけど、それでも恥ずかしいことには変わらない。私は呆れるように溜息を吐いた。
「お母さん」
「なあに?」
「前から思ってたけど、なんで私にそこまで巫女をやらせたいの?」
ここは観光名所という程ではないが、ものの本に載る程度には有名な神社だ。神主が常駐していることから分かるように敷地もそれなりにある。とはいえ巫女の仕事は、ほとんどお母さんが仕切っている。人出の多いお祭りの時はさすがに手伝ったりするが、行事ごとにアルバイトを雇って十分に回せているし、普段から私が巫女をする必要はないと思う。
いや、働きたくないのではなく、巫女装束が恥ずかしいというだけの話ではあるのだけれど。
「そうねぇ。それが、この神社に生まれた女の役目だから、かしら」
お母さんが穏やかな口調で答える。ゆったりと優しく頬を緩ませるお母さんは、娘の私から見ても魅力的だった。長い黒髪はまさに大和撫子という印象。こんな女の人が巫女なら参拝客も増えるかもしれない。それに比べて私は背が無駄に高いし、長いのは同じでも髪は少し茶色がかっていて、とてもじゃないが巫女なんて似合わない。
「勿論、高校を卒業したらこの神社を継ぎなさい、なんて言わない。貴女は貴女の好きなように生きればいいと思うわ。でも、せめてここにいる時は巫女であってほしいの」
境内に植えられた桜の木を横目で見るお母さんは、どこか遠い景色を眺めるような、心ここに

あらずといった様子だった。
かと思えば急に歩き始め、お賽銭箱の前で立ち止まり手招きをしている。
呼ばれるままについていく。お賽銭箱の向こう側、木の格子の奥にある御神体をじっと見詰めていた。といっても、この神社の御神体ではない。確か〝狐の鏡〟という名前で、もともとは火災で焼失した分社から移ってきたものらしい。なんで、うちの拝殿に置かれているのかは分からないけれど。
「娘が生まれたなら、名前には必ず『夜』を付けること。そして、巫女を絶やさぬこと。この二つだけは決して違えてはならぬ」
声の調子はいつもと変わらない。なのに、何故か重々しく感じられる語り口だった。
「これが、私達の御先祖様が取り決めたこと。私もお婆ちゃんに、この伝統だけは必ず守って次の世代に繋いでいきなさいと教わったわ」
「なんで？」
「さぁ？」
予想外の返答に、どういう顔をすればいいのか分からない。もっと重々しい感じになると思っていたのに。
「なにそれ」
「何故かは私も分からないわ。でも、分からなくてもいいの。この話をする時、お婆ちゃんはすごく楽しそうだった。だから、私も守っていこうと思ったのよ」

そう言ったお母さんは懐かしむような、とても穏やかな顔をしていた。お婆ちゃん。私からすると曾お婆ちゃんになるけれど、一体どんな人だったんだろう。

「それにね。私達には分からなくても、それを決めた誰かにとっては、この伝統はすごく大切だったんじゃないかと思う。なら守ってあげないと。伝統は守らなくてはいけないもの。でも、本当に守るべきは伝統という形じゃなくて、そこに込められた想いお母さんが私に向き直った。

そして穏やかさはそのままに、真剣さを増した瞳で語り掛けてくる。

「だから、私達は『夜』の名を継いでいくの。遠い昔にあったはずの想いが、長い長い歳月に迷い、帰る場所を見失ってしまわないように」

自分の母親なのに、とても綺麗だと思う。雲のない空を見るような、すがすがしい不思議な感覚だ。

「今度は、名も知らぬ誰かの想いを貴女が未来に紡いでいくのよ……美夜香ちゃん」

お母さんが、ふわりと柔らかい微笑みを浮かべる。すごく優しい表情。そうやって優しくなれるのはきっと、繋いできた誰かの想いを、ちゃんと大切にしてきたからなのだろう。

「お母さん」

「さ、私はそろそろご飯の用意をしてくるわね」

言いたいことだけを言って、満足そうにお母さんは家に戻っていく。その時にはいつも通りの様子で、さっきまでの雰囲気と違い過ぎて戸惑ってしまう。

「……なんだかなぁ」
　残された私はどうすればいいのか分からなくて、ただ境内で立ち尽くす。
　まあ、あんまり考えても仕方ない。ご飯になるまでもう少し掃除をすることにした。
　そうやってのんびり境内を掃いていると、いつの間にか参拝客が訪れていた。わざわざ休みの日に、朝から神社にお参りなんて珍しい。真新しい制服を着た、背の高い男の子だった。襟元の校章は、もうすぐ私が受験するお守りでも買いに来たのだろうか。
　新学期前にお守りでも買いに来たのだろうか。
　色々と考えていると、何故か男の子は私の方に近付いてきた。
　もしかしてナンパの類？　それとも写真撮影？
「貴女は、ここの巫女ですか？　少し聞きたいのですが」
　予想は思い切り外れていた。
　しまった、まだ巫女装束のままだった。境内でこんな恰好をしていたら、関係者だと思うに決まっている。ちょっとぼけてみたいだ。
　仕方ない、聞かれたからには受け答えはしないといけない。ただ、間違いは訂正しておこう。
「いえ、巫女じゃなくて、いつきひめです」
「いつき、ひめ？」
　男の子は疑問符を浮かべている。

それはそうか。いきなり言われたら何のことかは分からないに決まっている。そういう人は結構多いので、こちらの対応も慣れたもの。私は営業スマイルで、男の子に説明する。
「この神社では巫女のことをそう呼びます。正確な理由は分かりませんが、昔からの習わしだそうです」
この神社では、何故か巫女のことを「いつきひめ」と呼ぶのだ。
実はそう呼ぶということしか知らないので、最初から予防線を張っておく。さっきのお母さんの話じゃないけど、いつきひめという呼び方にも誰かの想いが込められているのかもしれない。
そんな想像をしたら、なんだか自然と微かな笑みがこぼれた。
「そう、ですか」
男の子は「いつきひめ」と噛み締めるように呟いた。
かと思えば真剣に、どこか縋るように問い掛ける。
「済みません……この神社は、なんというのですか？」
私は小首を傾げた。鳥居の所に看板があるのに、見てこなかったのだろうか。まあ、意識していなかったら目に入らないものなのかも。ちょっと不思議に思いながらも素直に答える。
「はい。甚太神社と言います」
かつて葛野市がたたら場として栄えていた頃、集落の守り人の名にあやかって建てられたのが甚太神社だ。昔の葛野の民はこの神社を、甚太という人が葛野を守ってくれたのと同じように守っていこうと支えてきたらしい。

「そう、か」
　彼は目を瞑り、ただ静かに一筋の涙をこぼす。
　同年代くらいの男の子が、強がったり隠したりせず泣いたことに私は驚いた。悲しさではない。穏やかで、だけど込み上げるものを抑えきれず、涙となって流れ出る。そんな風に静かな泣き方をする男の子は初めてだった。
　それが、とてもきれいで。私はただ茫然とその姿を眺めていた。
「長……貴方は、本当に私の帰る場所を守り抜いてくださったのですね。なんて言ったのか、小さすぎて聞き取れなかった。けれど、万感の意が込められていたのだと思う。男の子は晴れやかに、落とすように小さく笑った。
「ありがとうございました。では、失礼します」
「え？　聞きたいことがあったんじゃ」
「もう聞けました。貴女は、私が聞きたかった言葉を運んできてくれた」
　その意味は、私には分からない。最後にとても優しい笑みを見せて、踵を返し、振り返ることなく彼は去っていく。同年代にしか見えないけれど、あまりにも堂々とした背中が何故かやけに大きく見えた。
「……なんだかなぁ」
　境内に一人残されて、でもやっぱり私には意味が分からなくて。世の中には、変な人もいるんだなぁ、くらいしかいながら、首を傾げてまたしても立ち尽くす。結局、何だったのだろうと思

感想は出てこない。
「みやかちゃん、お昼ご飯出来たわよ……どうかしたの？」
「ん、別に」
ちょうどお母さんが呼びに来てくれたので、先程のやりとりは忘れ家へ戻ることにした。
ふと見上げれば高く遠い空。気が付けば薄い雲は晴れて、冬の日差しが境内には満ちていた。

そうして歳月は流れる。
始まりから遠く離れ、原初の想いは朧に揺らめき、水泡の日々は弾けて消えた。
変わらないものなどどこにもなくて。けれど、小さな小さな欠片が残る。
逢ふ日遥けし。出逢いの日は遥かに遠く。いつかの想いは今なおここに。
二人が本当に出会うのは、もう少しだけ後の話——

252

短編　妬心の現身

雁渡しの吹く頃に差し掛かり、集落の北側に広がるいらずの森もくすんだ色味を帯び始めた。木の葉を濡らす露がうっすら凍るような季節。火を崇める産鉄の集落とはいえ、朝晩はそこそこに寒くなった。火処のある高殿ならまだしも、いつきひめのおわす社殿ならばなおさらだ。

「ちょっと寒くなってきたね」

御簾の向こうの座敷には、暖を取れるものもない。触れる空気の冷たさに、白夜が小さく息を吐く。

「今は大丈夫だけど、もうしばらくしたら辛くなるなぁ」

社殿には甚太と白夜の二人だけ。甚太の目しかないからと、白夜は普段の厳かな振る舞いを崩し、随分と気を抜いている。出てくるのは他には聞かせられないぼやきの類。まだ寒さはさほどで、堪えられないものではない。しかし、真冬になれば社殿はひどく冷え込む。社から出られない巫女にとっては、憂鬱な時期が近付いてきている。

「火の巫女の社なんだから、火鉢くらい置けばいいのに」

「火事になると困るし、座敷は空気の入れ替えもし難い。仕方ないだろう」

白夜も分かっているだろうが、甚太は一応、理由を説明してそれを窘める。
いつきひめが常在するのは火の神「マヒルさま」を祀る社殿だが、響きに反してその座敷には小窓がなく火気は常に扱いにくい。代わりに寒風が入り込むことはないので、そこは我慢してもらうしかなかった。
「それはそうだけど、寒いものは寒いの」
「いや、まあ、分かるが」
苦手というほどではないが、甚太としても冬は結構辛い。かじかんだ手だと刀の柄は握りにくいし、寒さで体が強張ればとっさの動きも遅れる。鬼の対処を請け負う巫女守だけに、その辺りは比喩でなく死活問題になり得るのだ。
「ちなみに、俺が暖めてやる、とか言う気はない？」
「……なにを、言っているんだ」
真面目に考えている途中でいきなり妙なことを言うものだから、まごついた返答になってしまった。反面、その動揺で内心を察したのか、白夜がにこにこと嬉しそうにしている。
いつも通りと言えばいつも通り。昔から、彼女の方が年下なのに、甚太はいつもからかわれる側だった。いつきひめと巫女守、お互い特別な役についたが力関係はあまり変わっていない。
「ふふ、まだまだ子供だね」
白夜は幼い子供にするような優しさで頭を撫でてくる。それを受け入れてしまっている時点で甚太の負けなのだろう。

「仕方無いなぁ甚太は。お姉ちゃんがいないと何にも出来ないんだから」
「お前の方が年下だろうが」
悪態をついて見せようとしても口元は緩んでいる。
遠い夜。少女はいつきひめになると、己が幸福を捨て葛野の為に生きると誓った。それを尊いと思い、だからこそ守りたいと願った。あれから歳月をいくつも重ね、二人は立場を違え、しかし今もこうやって変わらずにあれる。
それが甚太にとっての日常で、いつまでもそんな日々が続いていくのだと、何の疑いも持たなかった頃のこと。

天保十年（1839年）・冬。
二匹の鬼が集落を襲う、半年程前のことである。

古い時代、山には多くの怪異が棲みついていた。
鬼や天狗、山姥に狒々。それらは不用意に山へ踏み入る者を襲い、また時折、村里へ降りては人の営みを脅かす。日の本有数のたたら場「葛野」も山間の集落であり、そこに住まう者にとって、怪異は伝承ではなく実存の脅威だった。
故に、巫女守には鬼切役が与えられる。巫女守はいつきひめの護衛であると同時に、葛野に仇なす魑魅魍魎の類を討ち祓う守り人でもあった。
「戻川に、ですか」

此度(こたび)、甚太が社に召集されたのも、そういった怪異の存在が確認されたから。板張りの本殿には集落の長、鍛冶や鉄師の頭(かしら)も集まり、御簾(みす)の向こうに座す当代のいつきひめ、白夜の言葉に耳を傾けている。

「ええ。その正体は不明、しかし戻川になんらかの怪異が棲み付いたのは事実でしょう」

巫女は冷たく聞こえるほど静かにそう告げた。

にわかに本殿が騒がしくなる。動揺の原因は怪異の出現よりも、その場所にあった。そもそもこの土地がたたら場として栄えたのは、川戻川は葛野において重要な意味を持つ。加えて戻川から採れる良質な砂鉄の存在が大きい。川ら炭の原料となる材木を集めやすい立地、葛野の主産業である製鉄が止まる。そうならぬよう可能な限り早く事態を利用できなくなると、葛野の主産業である製鉄が止まる。そうならぬよう可能な限り早く事態を打破せねばならない。

「甚太よ、鬼切役」

「御意。鬼切役、ここに承りました」

「貴方は怪異の正体を探り、それが葛野を害するのならば討つのです」

いつきひめの命に応じ、甚太はぐっと頭を下げ、了承の意を示す。

いつもならば、そこで終わるはずだった。しかし場が落ち着いたのを見計らって、顎髭(あごひげ)を生やした初老の男——集落の長が「姫様」と一声かけた。

御簾の向こうの影が、短い返事と共に小さく揺れた。それを見て、長はなにやら満足気になり、いつもより頬を緩めている。

「さて、皆の者。此度の鬼切役に付随して、儂(わし)からも一つ伝えておきたい」

話す調子もいくらか滑らかに、随分と機嫌がよさそうに見えた。違和感を覚えたのは甚太ではなさそうだ。しかし、周囲のざわめきなど気にせず、長は滔々と語り続ける。

「巫女守はいつきひめの護衛役であり、集落の守り手。古来より、当代のいつきひめが自身の守役を選ぶのが習わしとなっている」

火女の護衛にして葛野の守り人、巫女守。その役には、明文化されたものではないが、暗黙の了解がいくつか存在している。

例えば、巫女守を指名するのは当代のいつきひめだが、選ばれれば誰でもなれるという訳ではない。護衛である以上は剣の腕が求められるし、人柄によっては、貴き御方に近付けられぬと却下される場合もある。いつきひめの要望は大きく反映されるが、集落の民の同意が得られなければ巫女守にはなれない。

他にも、巫女守は原則として途中で変わることがない。甚太の場合は白夜に付き、不測の事態がない限り、代替わりするまで護衛を務める。また、いつきひめ一人に対し巫女守は一人のみ、というのも古くからの慣習の一つだ。

「現在の巫女守は甚太。その剣の腕は、先代である元治をも凌駕するほど。まさしく巫女守に相応しいと言える。……が、先の飢饉の後、跳梁する鬼は目に見えて増えている。此度においては、葛野の地に侵入しようとする輩も少なくはない」

戻川に怪異が棲みついた。巫女守には様々な取り決めがある。中には不合理に思えるものもあるが、代々その慣習に従ってきた。だが、それはおかしいのではないかと長は問題を提起する。

「いつきひめに対し巫女守も一人。それもまた古来よりの習わしであるが、どうにも現状にはそぐわぬ話だと思わないか？」

いつきひめは「マヒルさま」に祈りを捧げる巫女。集落の精神的支柱であり、にもかかわらずいつの時代においても、何故か巫女守は一人と決められていた。鬼切役を果たす為には集落を離れねばならず、その際には後を集落の男達に任せなくてはいけない。鬼切役を果たす為には集落を離れねばならず、その際には後を集落の男達に任せなくてはいけない。そのあり方は、火女の安全を鑑(かんが)みれば合理的ではないと長は語る。

「そこで、だ。甚太が鬼切役へ赴く際も姫様に護衛を付けられるよう、もう一人巫女守を立てようと思う」

巫女守を二人？ 長らく続いた伝統を打ち崩すというのか？ 発言は集落の権威達にとっても予想外だったらしく場が揺れた。それを無理矢理黙らせるように、長が一人の男を本殿に招き入れる。

「紹介、するまでもないな。儂の息子……清正だ」

現れたのは整った面立ちの青年。その姿を見るや男達の間に困惑が広がる。容姿に驚いた訳ではない。戸惑いの原因は、甚太や集落の権威達にとっても見慣れた人物だったから。狭い集落に住む者のほとんどは知人だが、件の彼と面識がある理由はそればかりでもない。なにせ清正は、葛野を取りまとめる長の一人息子。顔を知らぬ者などいるはずがなかった。

「巫女守となる清正と申します。今後はよろしくお願いします、っと」

丁寧な口調ではあったが、軽薄さを隠し切れない挨拶だった。だが、その場にそれを咎める者

はいない。
　歳を重ねてから子供ができた為か、長は随分と子煩悩で、息子に甘いことは知れ渡っている。本殿のどよめきの中には、まさか我が子可愛さに巫女守の役を、といった疑念も含まれていた。だが、その点についても長は用意周到だった。
「清正は甚太には及ばぬが、そこそこに剣を修めている。無論、これは儂の独断ではない。姫様の了承あってのこと」
　いつきひめの同意があるとなれば、疑問に思っても黙らざるを得ない。下手を言えば火女に対する不敬となり、ほぼ異論は封じられた形になった。
「そうですね、姫様？」
「……ええ。悪鬼の類は確かに増えている。現状に即した対処は必要でしょう」
　一瞬の空白に、甚太は彼女の内心を察する。白夜は、決して諸手を挙げて賛成している訳ではない。
「甚太よ、お主も異論はないな？」
「は。それが姫様の安寧に繋がるのならば」
　けれど甚太は異を唱えはしなかった。白夜は浅慮ではない。長に押し切られただけではなく、今後を考えれば必要な措置だと認めたからこそ受け入れた。であれば、新たな巫女守を否定する理由は何もないはずだ。
「うむ。今後は巫女守二人で、姫様を、この葛野の地を守ってくれ」

顔色一つ変えない甚太に、長が満足そうに頷く。息子には甘いものの、長の忠心は本物。白夜の身を案じているのは事実であり、伝統を覆(くつがえ)す新たな巫女守の存在は、多少の引っ掛かりはあれど概ね認められたといっていい。甚太も感情では歓迎できないが、ちゃんと納得している。

「ははっ、これからよろしく頼むぜ。なぁ、甚太」

なのに、うすら笑う清正の目付きに、ちりと胸が焦げた。

正直に言えば、甚太は清正とほとんど喋ったことがない。

甚太はもともとは江戸の生まれで、元治に連れられて葛野へ来たよそ者。集落を取りまとめる長の息子とは、身分の違いなどと言うつもりはないが、あまり接点がなかった。

ただ、小さな頃から顔だけは知っていた。

まだ、白夜がいつきひめになる前、白夜としていられた時分の話だ。甚太と白雪、妹の鈴音。三人はよく一緒に遊んでいた。いらずの森へ探検に行き、戻川で涼み。娯楽の少ない集落だが、毎日はしゃいで駆け回ったのを今も覚えている。そして、それを遠くから眺めていた少年がいたのも、ちゃんと覚えていた。

『なぁ、白雪。あれって』

『え？　あぁ、長のところの、清正だよ』

白雪は、いつきひめたる夜風の娘。長の息子ともある程度の面識はあったらしい。けれど清正

はこちらに声をかけるでもなく、三人で遊んでいるのを本当に見ているだけ。加えてしばらくすると視線を逸らし去っていくので、甚太からすると「よく分からないヤツ」で終わってしまう。将来はあいつが長になるのかな、くらいは思っていたが、印象などその程度だ。それが古くからの慣習に背き、二人目の巫女守になるとは想像もしていなかった。
「二人目の巫女守……かぁ」
 新たな護衛役として清正が紹介された後、僅かながら甚太は白夜と二人だけの時間をとることができた。
 ──これにて解散。鬼切役へ赴く前に話すことがあるため、甚太はしばらく残るように。
 強権、という程ではないが、いつきひめの要望は大抵通る。白夜は、清正には一度準備を整えてから戻り、護衛へつくよう言い渡した。こうして話し合う機会を確保したのだ。
 しかし、白夜の口から出るのは小さな溜息くらいのものだった。
「いつきひめとして、自身の安全を考えねばならない。それは彼女も分かっている。けれど、巫女守は慣習通り最後の最後まで甚太のみが務めると思っていた。このような形で、言い方は悪いが、異物が紛れ込むのは白夜にとっても予想外だったに違いない。
 ──やっぱり気が重いな。仕方ないのは分かってるけど。
 飲み込んだ言葉はそんなところか。それでも拒否しなかったのは、いつきひめだから。そのあり方を曲げるなど出来るはずもなく、彼女はあらゆる理不尽を、「葛野の為に」の一言で飲み込めてしまう。

「周囲がどうあれ、私は巫女守だ。そこを譲るつもりはない」

「大丈夫か、無理はするな。そんな慰めを口にしてもきっと届かない。ならばせめて、彼女がいつきひめであるように、この身も巫女守としてあろうと思う。

「……なら私も、いつきひめとして。貴方の決意に報いましょう」

素っ気ない言葉面に潜んだ心を、白夜はちゃんと汲み取ってくれた。毅然(きぜん)とした振る舞いは僅かな間だけ。お互いの不器用さがくすぐったくて、顔を見合わせて小さく笑う。

「では、清正が戻ればすぐにでも事に当たろう」

「うん、お願い。でも、あんまり油断したら駄目だよ。怪我に気を付けてね。お姉さんは心配です」

「だからお前はなんでそう……そこは『武運を祈る』くらいで送り出してくれ」

年下なのに姉さんぶってみせる普段通りの白夜に、呆れながらも嬉しくなる。漏れた吐息に多少は体も軽くなり、すくと甚太は腰を上げた。

憂いが拭い切れたとまでは言えないが、それを上回る大切なものがあると信じられた。

社で鬼切役を受けた後、準備を整える為に甚太は一度自宅へ戻った。

妹の鈴音が明るく迎えてくれた。

「にいちゃん、お帰りなさい！」
「ああ。変わりないか？」
「うん、だいじょうぶだよ」
鈴音は幼く見えても、実年齢は十七。さすがに過保護かとも思うが、兄の帰りを喜んでいる姿を見て、少し心が痛む。甚太にとっては白夜を除けばお互いが唯一の家族だ。
はなるべく避けたいが、告げねばなるまい。
「済まないが、鬼切役を承った。またすぐに出る」
「え……また？」
兄妹仲は非常に良い。その分、妹も兄を過剰に心配する。鬼切役を受けた時はそれが顕著で、今回も危険な怪異との戦いに赴く甚太を案じ、鈴音の表情があからさまに曇った。毎度ながら申し訳なく思う。かといって御役目は断れず、兄の身を気遣いながらも「いかないで」とは言わない鈴音の優しさに甘えてしまっているのが現状だ。
「大丈夫だ。鬼如きに下手は打たない」
せめて、そう強がってみせるくらいが甚太に出来るせいぜい。
それでも、兄の力強い言葉に多少は安心できたのか、鈴音はしぶしぶながらに頷いた。
「……うん。でも、ほんとに気を付けてね」
「ああ。すぐに帰る、待っていてくれ」
言いながら身支度を整え、玄関へ。それをこの子は、ちゃんと笑顔で見送ろうとしてくれる。

「はーい。にいちゃんも、ずっとひめさまの護衛ができたらいいのにね」
　そうやっておどけるのも、甚太が気持ちよく鬼切役へ赴けるようにという心配りだ。
　けれどいつもなら嬉しく思うのに、今はその一言が少しだけ飲み込みにくい。
「どうしたの？」
　兄のごく僅かな変化を察し、鈴音が不思議そうにしている。表情さえ隠せず、妹に内心を悟られるのだから、まったく情けない。己が振る舞いの拙さに、甚太は自嘲の息を漏らす。
「いや……」
　選択肢は二つあった。
　清正という男が新しく巫女守に就いた。それを伝えるか否か。
　しかしほとんど間を置かず、甚太は伝えないことを選んだ。
「そうだ。鈴音は、清正のことを覚えているか？」
　白夜との仲をからかうこの子には、清正の存在はあまり好ましくないだろうと、代わりに誤魔化しのような問いを投げかける。
「清正……誰それ？」
「長の息子だ」
「ふうん、そうなんだ」
　どうやら鈴音は清正のことを覚えていなかったようだ。一応、小さな頃に顔は見ており名前も聞いているはずなのだが、特に興味もないらしく、完全に知らない人扱いである。

「悪い、変なことを聞いた。それじゃあ、行ってくる」
そんな具合に妹の様子がなんとなく面白くて、微かに口の端が緩んだ。
いい具合に肩の力も抜けて、甚太は気負いなく戻川へと向かう。
けれどその先で、怪異と出くわすことはなかった。

いつきひめは血族によって代々継承されるが、葛野において重要な役割を担う家系であるにもかかわらず、何故か分家が存在しない。また、もし当代が不測の事態で亡くなったとしても代理は立てず、巫女の直系が成長するまでは空位となる。
そういった形式でも今まで問題が起こらなかったのは、長い歴史の中でいつきひめの家系には男子の産まれた例がなく、加えて長命な上に病没した者も少なかった為である。古い時代には、貴き血筋の維持に必要な措置ではあったのだろう。しかし、現状と照らし合わせれば、やはり不合理さは否めない。それでもいつきひめは神聖なもの。多少奇妙に感じたとしても、あり方を覆すなど思いもよらない。
結果としてこれらの取り決めは、空位の時期が出来てしまう点や断絶の危険性を孕みながらも「血を広げぬのが習わしだから」と、今日に至るまで是正はされなかった。
であれば、せめて神と繋がる巫女ではなく人の方を、護衛である巫女守の数を増やしたいと考えるのは自然の流れなのかもしれない。
「よう、甚太。うまくいかなかったみたいだな？」

「ああ。残念ながら」

戻川に向かった甚太だが結果は空振り。肝心の怪異とは遭遇できず、仕方なく報告の為に一度社へ戻った。それを待つのは当代のいつきひめ、白夜。そして新たな巫女守となった清正である。

「おいおい、ちゃんと仕事してくれよ巫女守様？」

「分かっている」

「ほんとかね」

神前だというのに清正の口調は挑発的。これまで会話をする機会などほとんどなかったはずなのに、随分と嫌われているようだ。しかし御役目を果たせていないのは事実。胸中の苛立ちを隠し、甚太は努めて冷静に、まずは座して御簾の向こうの白夜へ頭を下げた。

「姫様、申し訳ありません。昨日は、怪異の影すら掴むことができませんでした」

「いえ、昨日今日で解決できるものではないでしょう。急いて仕損じるよりは、遅々とでも確実に。貴方の刀には、葛野の安寧がかかっているのですから」

「ありがとうございます」

普段は白夜の望みもあって砕けた接し方をするが、御役目であれば、甚太は巫女守として、彼女もいつきひめとして相応しい振舞いを心掛けている。けれど、清正の方は違った。

「白夜は甘いな。失敗した時はちゃんと叱責しなきゃいけないだろ」

随分と馴れ馴れしい態度だった。集落に繁栄をもたらすマヒルさまの巫女に対して、まるで友人に喋りかけるような気安さだ。

「失敗もなにも、経過に過ぎません。それと清正、巫女守ならば相応の言動というものを意識するように」

「いいじゃねえか別に」

窘められても口調は変わらず、ついと甚太へ見透かすような目を向け、鼻で笑っておしまい。長の息子だからなのか、無駄と悟ったからか、白夜もそれ以上は何も言わなかった。

「……この件については、いずれまた。では甚太よ、貴方は再び戻川の調査を。怪異の存在を明らかにしなさい」

「はっ」

そして話は元に戻る。

鬼切役はまだ途中。昨日は見つけられなかったが、戻川付近に何らかのあやかしが棲みついたのは間違いなく、集落へ被害が及ぶ前に対処せねばならない。だが、焦りは隙を生む。多少時間はかかっても繰り返し足を運び、まずは怪異の正体を暴く必要がある。白夜の指示は的確だし、甚太の指針とも相違はない。

「清正は、その間は社で護衛を」

「分かってるっての。精々頑張らせていただきますっと」

それに、清正に与えられた役割も正しい。この男が巫女守となったのは、鬼切役の為に集落を離れる際、無防備となるいつきひめの守りを務める為だ。甚太へ悪態はついても、いつきひめを疎かにはしないだろう。

であれば不満はない。手にした刀の理由は遠い夜からなにも変わっていない。守りたいと願ったものを守る者が増えてくれた。多少の苛立ちは否定しないが、なんの憂いもなく戦へ赴ける状況は喜ばしい。
「甚太も安心しろよ。白夜はちゃんと、俺が守ってやるさ」
だから、なんの不満もないのだ。

魚が獲れ、砂鉄を産み、水の恵みを与えたかと思えば、暴れ狂い多くの命を押し流す。人々に救いと災いをもたらす川は、彼岸と此岸を隔てる境界であり、河原には神々が降り立ち遊びなさるという。

古来、河川というのは人々の生活を支えると同時に、非常に重要な信仰の対象でもあった。特に大雨や干ばつなど、水の多い少ないで収穫が左右される農耕民には、川の状況は死活問題となり得る。その為近くに神社を建立し、治水を願うことも少なくない。鉄師の集落である葛野はそこまでではないが、それでも主産業である製鉄においては、近隣を流れる戻川の砂鉄に頼っている。いらずの森と戻川。この二か所は、集落においてなくてはならない場所だった。

故に、あやかしが棲みついたというのならば、それを斬らねばならぬ。
甚太は再び戻川で怪異の捜索にあたっていた。水に近いせいか、ぐんと寒さが増したような。せせらぎは耳に心地よいが、手は既に腰のものへかけている。川沿いの石を踏み締めながら歩み、周囲の木々へも注意は怠らない。時折、鳥の鳴く声が聞こえた。

268

鳥は警戒心が強い。となると、やはり怪異は近くにはいない？　もう少し上流まで登るか、あるいは少し森の方へ捜索範囲を広げるべきだろうか。

「どうするか……」

意識しなかった呟きは、焦燥の証なのかもしれない。戻川は葛野にとって生命線。できれば早めに片を付けたい。だからといって都合よく怪異が出てきてくれるはずもなく、知らず白い溜息が漏れた。

気を取り直し、まずは上流へ向かおうと冷たい砂利や岩の上を一歩ずつ進んでいく。戻川は上流へ行けば行くほど森が深くなり、木の根が露出した崖も増える。歩きにくく視界が悪く、となれば潜むモノには好都合。もし隠れているのだとしたら、此度の鬼切役は時間が掛かりそうだ。ならば急いて仕損じるより冷静に慎重に。端から数日は費やすつもりでいた方がいい。

ただ、そうやって自分に言い聞かせても、なんの手掛かりも得られていない状況に、どうしても焦燥を覚えてしまっていた。

何故だろうか。手間のかかる厄介な怪異は初めてではない。これまでは、もっと落ち着いて事にあたれていた。なのに今回は妙に気がはやり、足が地に着かない。いつきひめには新たな護衛がついている。後ろを心配せずともよくなったはずなのに、なんでこうも余裕がない？

「……っ」

そうと考えた矢先、目の端が、しなる枝を捉えた。

甚太は鋭く周囲を睨め付け、いつでも動けるよう腰を僅かに落とす。ごちゃごちゃとした思考

も、落ち着かない胸の内も、抜刀すれば一気に冴える。精神が研ぎ澄まされ、冷えた空気がぴんと張り詰めた。
またも揺れる枝。今度はしっかりと見た。くすんだ葉では隠し切れない巨体が、木々を足場に枝から枝へ跳躍する。

だが、捉えたのはあちらも同じらしく、影がぎょろりと目をむく。威嚇か激昂か、轟く咆哮に寒風が裂けた。そうして影はへし折れるほどに枝を強く蹴り、その勢いのまま襲い掛かる。受けに回れば押し切られる。足場が悪い、乱雑な足捌きでは隙を晒す。
退くより、前へ。甚太は襲撃に合わせ、大きく左斜め前へ滑り込むように一歩を踏み出す。距離はとった。掠りさえしなかった。にもかかわらず通り過ぎただけの攻撃に肌を圧される。間近で怪異の力量に触れ、だからこそ勝負は迅速に。左足を軸に体を回し、横薙ぎの一刀へと変える。けれど切っ先は肉を抉らず。

相手は巨体には似合わぬ俊敏さで、既に間合いを空けていた。
十間以上は離れた影を改めて注視する。
「猿の、怪異……？」
黒色の体毛で覆われた、赤ら顔の化生。猿に似た姿だが体躯は甚太より一回り大きい。やけに大きな目がこちらを睨む。まとう気配は、あれがただの獣ではないと教えてくれていた。
なんにせよ、鬼切役を承った。であれば、斬り捨てる。
僥倖というものだろう。探していた怪異が自ら姿を現し、逃げようともせず襲い掛かってき

てくれたのだ。なんとも有難い話ではないか。

当然、十分に警戒し、侮りも油断もしない。先程の一合だけでもあれが難敵であると分かる。

しかし巫女守はいつきひめを、葛野の安寧を守るもの。あやかしは討ち祓わねばならぬ。静かな殺気をまとわせて、甚太は脇構えをとった。

後の先や刀身を隠すといった術理も意識しているが、それ以上に彼の脇構えは頑強な怪異を断ち斬る、あるいは殴り殺す為。つまるところ、刀をぶん回す為のものだ。

『オ、アぁ……』

小さな呻きと共に、猿の怪異はただの一足で待ち構える甚太へ肉薄する。速度よりも、起こりが読み取れず一手遅れた。容貌が猿なら挙動も猿。人とはかけ離れた、しなやかな疾走。伸ばされた太い腕、あの掌に捕まれば頭蓋くらい容易く握り潰されるだろう。嫌な想像に背筋が凍えるが、そう簡単にやらせるつもりもない。怪異の一撃に応じ、下から掬い上げるように無防備な腕を斬りつける。

浅くとはいえ肉に刃が食い込み、赤ら顔が僅かに歪む。怯んだ隙を突いて側面へ回避しながら、刀を振り上げて袈裟懸けへと繋げる。

しかし届かない。猿の怪異は大きく上体を逸らし、刃をやり過ごしたかと思えば、間髪を容れずに後ろへ退いた。骨がないような気色悪い体の使い方、その後も、相手は硬直なく次の動作へ移り危機を脱する。人ならば有り得ない理不尽さに思わず舌打ちをする。

「姿だけではないか……」

猿は、古来「山神」とされた。人の形でありながら人とは違う、山を縦横無尽に駆け回る異形。山は神や怪異の住まう場所であり、そこを自由に動く猿は山神の使者、時には山神そのものと考えられたのだ。時代が下れば神性は堕ち、神も妖怪に堕とされる。いつしか山神であった猿はヒヒ、サトリなどの怪異と化した。

であれば猿のあやかしは、獣の中でも高位であって然るべき。それを証明するかのように、間を置かず攻め立てる化生(けしょう)は苛烈だった。獣特有の柔らかい筋肉、武術とは異なる淀みのない体重移動。そこから繰り出される攻撃は読み難く、重い。捌くだけでも相当に気力を削がれる。

だが、やられるままになるつもりはない。

猿の怪異は上から下へ、叩きつけるように腕を振るう。予備動作もほとんどない。しなる腕はあまりに柔軟(じゅうじん)で、殴打よりも鞭の鋭さを思わせる。

迎え撃つ。狙うはヤツの掌。鞭の一撃に合わせ、防ぐとともに斬って捨てる。

ひゅう、と風の鳴る音。

目論見はしっかりと嵌(は)まった。敵の無造作な攻撃を遮(さえぎ)り、返す刀、甚太の刃は確かに怪異の肉を裂いた。だが浅かった。猿は傷を負ったが、身をよじってすぐさま反撃に転じる。

本当に獣じみた動きだ。悪態をつきながらも甚太は怪異の腕を刀で受けた。なのに、にいっと化生(けしょう)が嗤(わら)う。

『あん、しん、しろよ――』

「力が、増し……っ!?」

粗野な笑みとともに、猿の膂力がさらに高まる。
甚太は反撃の一手を、仕損じることなく完璧に防いだ。その上で押し切られそうになる程に、怪異の力は尋常ではなかった。
耐えきれない。そう判断した甚太は、ほとんど無理矢理後方へ体重を引っこ抜き、命からがら逃げ出す。

なんだ、あれは。何故いきなり力が増した？　それに、こぼれた嘲りの言葉は、見下す笑みは
──安心しろよ。白夜はちゃんと、俺が──まるで苛立たしいあの男のような。

突如の変化に頭が追い付かず、けれど平静さを取り戻す暇もなく怪異が間合いを詰めてくる。乱雑ながらに一つ一つが致死。縦横無尽な怪異の攻勢に、甚太は防戦一方となった。
捌けてはいる。いるが、少し均衡が崩れればそこでおしまい。十二分に理解しているからこそ、動揺する心を力尽くで抑えつけて、ひたすらに攻撃を防いでいく。
だがどれだけ保てるものか。いくら頑強な葛野の刀とはいえ、細心の注意を払ったとしても、これだけの猛攻に晒されればいつかは刀身が折れる。そうなれば無残にこの命を散らすのみ。ならば、とりあえずの均衡を維持できる間に、状況を打開せねば。
甚太は焦燥にかられながらも綱渡りの防戦を続け、それでも付け入る隙を探し躍動する化生を睨め付ける。あくまでも、戦いの一環。逆転の目を探すために過ぎなかった。しかし同じようにこちらを見詰め射抜く化生。意識せず、はたと目が合い、そして驚愕する。
『ちゃんと、俺が、守って、やるからさぁ……！』

今度こそ、本当に。
化生の顔が、清正のそれに見えた。

　清正は一応のところ剣術を嗜んでいるが、腕前は甚太と比べるべくもなく。魍魎どもを相手取るには些か以上に頼りない。故に巫女守でありながらも彼は鬼切役を受けず、あくまでも甚太が集落の外へ赴く際、代わりにいつきひめの護衛を務めるのみだという。
　果たしてそれで巫女守と呼べるのか。そういった意見もなくはないが、集落の長の息子である以上表立って批判するものはおらず、一応ではあるが新たな守り人の存在は認められた。
　――甚太も安心しろよ。白夜はちゃんと、俺が守ってやるさ。
　嫌な響きが甚太の脳裏にこびりついている。
　今後は鬼切役の際、白夜の傍に控えるのだという。喜ばしいではないか。いつきひめは集落の支柱であり、古い文献では巫女の生き胆は不老不死の妙薬ともされている。立場上白夜は狙われやすく、ならば彼女を守る者が増えるのは、純粋に歓迎すべきことだ。
　本当に？
　理性は、新たな巫女守を受け入れるが正しいと判断する。なのに心の奥深く、小さな小さななにかが囁く。本当にそれでいいのかと。そいつは、惚れた女を穢すだけの異物でしかないのではと、余計な泥を被せようとする。
　つまりは、あやかしの業だ。

強くて、真面目で、いつきひめに見合う男であろうと固く固く造り上げた「自分」。その下に隠れた甚太の幼さを、猿の怪異は的確に突いてきた。

そして、繰り出してくる次の一手。乱雑にこちらへと伸ばされる腕。太い指、掴まれれば人の首など容易くへし折られるだろう。覆うように広がった掌。迫りくる死を前に、甚太は微動だにせず……。

——ただただ平静に、近付く掌に刃を立てる。

肉に食い込み、皮膚を破り。伝う血を見ても、心は僅かにも波立ちはしなかった。

怪異がそれを知ったのかは分からない。分からないが、甚太への揺さぶりはどのような手段で、怪異がそれを知ったのかは分からない。分からないが、甚太への揺さぶりではあったのだろう。白夜の、白雪の傍に居る誰か。腹立たしい男の面影をまとい動揺を誘う。

人の心の間隙に付け込む、あれはそういう類の化生だった。

けれど、なにを驚くことがあるのか。化けてびっくりさせるのは、いにしえから変わらぬあやかしの本懐。なにより、多少の痛みや苛立ちはあれど、あの程度で自分を見失うはずもない。己の幸福を捨て、他の為に祈ると誓った少女。それを尊いと思い、だからこそ守りたいと刀を手にした。今も何一つ変わらぬ、お互いが信じた美しいもの。

揺さぶられてやるには、いつか見た景色は眩しすぎた。

「煩わしい真似をしてくれる」

沈むように左足を一歩踏み込み、流れるように放つ逆袈裟。そこに嫉妬はない。怒りを抱かず、気負いも強張りもない。まるで決まり切った作業をこなすような、無感情な太刀が滑らかに怪異

を断ち斬る。

断末魔にしては短い、掠れた呻き。耳障りな音を漏らし消える命。

そのまま通り抜ければ、とさり。遅れて両断された体が地に落ちた。

ここに鬼切役は果たされる。戻川に棲みついた怪異の最後は、ひどくあっけないものだった。

「……この、手応えは」

しかし妙な。随分と軽い。それに、あの体躯にしては些か手応えも頼りなかった。

不思議に思って振り返り、自身が斬り捨てたものを視界に収め、甚太は眉をひそめる。

河原の砂利の上、確かに猿の怪異の死骸が転がっている。ただ、小さい。それこそ普通の猿程度の大きさしかなかった。先程まで苛烈な攻めを繰り出してきた獣とはかけ離れた、痩せこけた体が白い蒸気を立てて溶けていく。

何故と思わなくもないが、あやかしに条理を求めるのも的外れだろう。目に見える現実をそのままに受け入れる。

あの時、化生の顔が、清正のものに見えた。

だがそもそも、対峙した姿自体が、幻のようなものだった？

あれの正体はあくまでも無力な小猿に過ぎず、せいぜいが偽りの皮を被って驚かせる程度だったのかもしれない。もっとも、なんであれ葛野に害を為す存在には変わらない。ならば斬り捨てる以外に道はなく、奪う命に罪悪感は抱かず、甚太の表情は些かも動かない。血払いの後に刀を鞘へ収めれば、その頃には死骸も完全に溶けてなくなった。

それを確認し終えると、甚太は川沿いの道を戻る。いく度となく怪異を斬り捨ててきた。その数が一つ増えたとて、今更特別な感慨などあるはずもない。ただ澄み渡るせせらぎに心は落ち着きを取り戻していたが、生まれた余裕に少しの疑問が入り込んだ。

つまりは比重の問題だ。

擬態し、心の隙を突く化生。甚太はその正体を看破せずに斬り捨てた。幸いにも傷一つ負わなかったが、あれがもっと狡猾だったならば結果は変わったかもしれない。例えば、もしも白夜や鈴音の姿であれば、ああやって躊躇いなく斬れただろうか。

ふと過った疑問は、逆に言えば「清正の姿をした猿の怪異」ならば躊躇いを抱く必要すらなかったことの証左でもある。

であれば、比重はどうだった？ 迷わず斬れたその理由は、猿の怪異だからか。それとも清正に見えたからなのか。前者ならばいい。もしも、後者だったとしたならば。

——私の心は、なにを斬ったのだろう。

道すがら甚太は思索に耽り、しかし明確な答えは出ない。次第に葛野の集落も見えてきて、ちりと胸を焦がす理解できない感情は、ふちに触れることさえ出来ないままどこかへ消えた。後には結末が転がるのみ。

巫女守である甚太は鬼切役を受け、葛野の集落へ仇なす怪異を討ち祓う。

普段と何も変わらない日常として、この一幕は終わりを迎えた。

いつきひめの社の本殿には普段通り、長や集落の権威が召集されていた。その中には清正の姿も当然ある。彼の存在もまた、これからは普段通りになる。

「鬼切役、大儀でした」

大した脅威ではなかったが、ともかくも戻川に棲みついた怪異は滅した。その事実に白夜は満足気。集落の男達も「さすがは巫女守」「甚太は葛野一の剣の使い手だ」と口々に賞賛を繰り返す。それで自惚れるような性格ではないが、集落の民が安寧に暮らせるのならば、多少の達成感はある。

「うむ、見事だった」と長も褒めたたえたが、最後の最後で味噌が付いた。

「甚太も、後ろを気にせず戦えた方がいいだろう。姫様の安寧を保つ上でも、やはり新たな巫女守は正解だった」

まるで今回の鬼切役の成功には、清正の一助があったかのような表現だ。確かに結果だけを見れば、甚太が鬼切役を承り、清正が護衛につく。その体制に問題がないと、自身の手で証明してみせた形となってしまった。

「それは……」

「どうした、甚太よ」

「いえ」

それは違うとは言えなかった。いつきひめを案じるならば護衛がいるに越したことはない。ならば清正が気に食わないと切って捨てるのは、原初の誓いを裏切るに等しいと思えた。

「……分かりました。今後もこの形で御役目を果たさせていただきます」
だから答えにも惑いはない。故郷と家族と。いつきひめとして、巫女守として。いつか交わした約束に願った景色。大切なものが多くなったから、自分の心を後回しにした。
「その忠心、嬉しく思います」
そして多分、白夜もまた。遠い夜空が尊すぎて、それを違（たが）えるなど許せなかった。
結局、二人は互いへの想いより掲げた生き方を選んだ。
妬心（としん）の現身を切り捨てたとて曲げられず残ったもの。その是非は今の彼には、とっても他の道など本当はなかったのかもしれない。けれど他の道など本当はなかったのかもしれない。
「甚太よ。貴方は、これからも葛野の為に尽くしなさい」
「はっ」
同じ景色に憧れて、共にあろうと願ったから。結局のところ転がる先は端（はな）から決まっていたのだろう。
ただ、望む結末には辿り着けないと、神ならぬ人の身ではそれに気付けなかっただけだ。
こうして古よりの慣習を覆（くつがえ）し、当代のいつきひめには二人の巫女守が付くこととなった。

天保十年（1839年）・冬。
満たされた日々がいつまでも続くと、何の疑いも持たなかった頃のこと。
終わりを迎える、半年程前のことである。

中西モトオ（なかにし もとお）

愛知県在住。WEBで発表していた小説シリーズ
『鬼人幻燈抄』でデビュー。

鬼人幻燈抄 葛野編 水泡の日々

2019年6月23日　第1刷発行
2022年9月14日　第11刷発行

著　者　中西モトオ
発行者　島野浩二
発行所　株式会社 双葉社
　　　　〒162-8540　東京都新宿区東五軒町3-28
　　　　電話 営業03(5261)4818
　　　　　　 編集03(5261)4804
印刷所　中央精版印刷株式会社
製本所　中央精版印刷株式会社

落丁・乱丁の場合は送料双葉社負担でお取り替えいたします。
「製作部」あてにお送りください。ただし、古書店で購入したもの
についてはお取り替えできません。☎03-5261-4822(製作部)
本書のコピー、スキャン、デジタル化等の無断複製・転載は著作
権法上での例外を除き禁じられています。本書を代行業者等
の第三者に依頼してスキャンやデジタル化することは、たとえ個
人や家庭内での利用でも著作権法違反です。

ISBN978-4-575-24185-3　C0093　©Motoo Nakanishi 2019
定価はカバーに表示してあります

双葉社ホームページ　http://www.futabasha.co.jp/
(双葉社の書籍・コミック・ムックが買えます)